COLECCIÓN SALUD Y BELLEZA

10 el maquillaje perfecto
Aromaterapia para amantes
Aromaterapia familiar
Artritis
Asma
Arrugas jamás
Campeones del fisicoconstructivismo, los
Cúrate a ti misma
Cúrese a través de la sensualidad
Dietas para adolescentes
Estética en casa
Herbolaria casera
Herbolaria mexicana
Meditar para rejuvenecer
Migraña
Poder curativo de la miel, el
Poder curativo de la papaya, el
Poder curativo de las semillas, el
Poder curativo de la soya, el
Poder curativo de los jugos, el
Poder curativo del ajo, el
Poder curativo del ginseng, el
Poder curativo del nopal, el
Rejuvenezca 10 años en 10 días
Síndrome premestrual
Terapias curativas con las manos
Tés curativos mexicanos
Tratamientos faciales naturistas
Voluntad de adelgazar

COLECCIONES

Colección Ejecutiva
Colección Superación Personal
Colección New Age
Colección Salud y Belleza
Colección Familia
Colección Literatura Infantil y Juvenil
Colección Juegos y Acertijos
Colección Manualidades
Colección Cultural
Colección Espiritual
Colección Humorismo
Colección Aura
Colección Cocina
Colección Compendios de bolsillo
Colección Tecniciencia
Colección con los pelos de punta
Colección VISUAL
Colección Arkano
Colección Extassy

Pita Ojeda y Rosa Salazar

Rituales para el amor, la belleza y la prosperidad

Doctor Erazo 120
Colonia Doctores
México 06720, D. F.

Tels. 588 72 72
Fax: 761 57 16

RITUALES PARA EL AMOR, LA BELLEZA
Y LA PROSPERIDAD

Diseño de portada: Antonio Ruano

ISBN: 970-643-145-4

Primera edición: Noviembre de 1998

Acerca de las autoras

Pita Ojeda nació en la ciudad de México bajo el signo de escorpión y, por si fuera poco, con el mismo ascendente. Lo que desde niña la hizo poseer una sensibilidad profunda que la impulsó a la incansable búsqueda del por qué. Esta inquietud la llevó a trabajar en los medios de información como periodista de noticias, espectáculos, problemas urbanos, de la familia, de la mujer y, por supuesto, de todo aquello que sabemos existe aunque a veces, necios, nos neguemos a entender.

Rosa Salazar nació en la ciudad de México bajo el signo de capricornio con ascendente en acuario. Heredera del talento artístico de sus padres, Abel Salazar y Rosita Arenas, dos grandes estrellas de la época de oro del cine mexicano, no tenía otro destino que acercarse a los medios de comunicación como forma de expresión. En este andar, descubrió que el regreso a los orígenes es el camino a la armonía.

Actualmente, Pita y Rosa unen sus energías en una empresa dedicada a la conexión entre la mente, el cuerpo y el espíritu cuyo alquímico punto de encuentro final es la magia: mente y magia.

A Ricardo Rocha

Agradecimientos

A mi abuela y a mi madre, de quienes aprendí dónde radica la verdadera magia.

A Martín y a Christian, mis pequeños Merlines, gracias por darle sentido a mi existencia.

A Eleni, aprendiz y sabia, mi hija y dueña absoluta.

A ti, Alex. Gracias por la cotidiana lección de amor y de paciencia.

A mi papá, protector de todos, a Meche, a Leti, Cayo, y a toda mi gran familia. Gracias.

Al origen: Gracias, Mami. Gracias, Papi, donde quiera que estés.

A mis cuatro mujeres: Lola, Coco, Daniela y Carla. Todo mi amor.

A nuestros maestros y gurus. A toda la gente que nos ha llevado de la mano quitando los obstáculos del camino.

A Dios.

Contenido

Introducción

En la vida hay un justo momento, un justo espacio y un justo lugar, algunos lo llaman casualidad. Nosotras: magia. Este libro es la consecuencia directa de esa magia.

Empezamos a trabajar juntas hace muchos años, cuando éramos tan jóvenes como inconscientes. Pasamos todo lo que teníamos que pasar, vivimos todo lo que teníamos que vivir. Nos enamoramos, nos casamos, tuvimos hijos, nos desenamoramos. Pasamos buenas, pasamos malas y al reencontrarnos casualmente, mágicamente, convergimos en un mismo vórtice. Durante los años de ausencia, cada una por su lado se acercó, encontró, descubrió un mundo, aparentemente oculto, que nos abrió la puerta de la sabiduría ancestral.

El hombre y el ritual. Inherentes uno al otro en todos los tiempos, en todas las civilizaciones, en todas las culturas. Rituales religiosos, sociales, familiares... Rituales mágicos.

Este libro es una recopilación de esa sabiduría antigua, de esos rituales mágicos que nos legaron nuestras abuelas, nuestras nanas, nuestros guías. A partir de ellos hemos aprendido la sabia utilización de los elementos. Nos han transformado por dentro y por fuera, brindándonos, paz, amor, belleza y prosperidad. Nos han acercado a la energía universal contenida igualmente en la hoja de una planta, en la esencia de una flor, que en el polvo de las estrellas.

Aquí queremos compartirlos contigo.

Parte 1

Rituales para el amor

Cera del amor

Este ritual es realmente efectivo si quieres encontrar a tu pareja ideal. En caso de que ya hayas encontrado a tu media naranja, este ritual te va a ayudar a armonizar y proteger esa relación.

Elementos:

Una vela rosa
Un puñado de romero seco
Un puñado de albahaca seca
Un puñado de pétalos secos de rosa
Un pedazo de tela rosa, de preferencia de origen natural como seda o algodón

Realización:

Primero, enciende una vela rosa y déjala arder hasta que tenga una gran cantidad de cera derretida alrededor de la mecha o bien, derrite una pequeña cantidad de cera rosa.

Cuando la cera esté casi fría, pero todavía moldeable, colócala en un plato de cristal o de cerámica.

Ahora, mezcla el romero, la albahaca y los pétalos de rosas. Al momento de mezclarlos, concéntrate en la necesidad de atraer amor a tu vida.

Visualiza que una luz rosa te envuelve por completo llenando tu vida de amor.

Amasa la cera rosa cuando todavía esté tibia y añade poco a poco la mezcla de las hierbas hasta que la cera quede completamente mezclada con ellas.

Ahora, dale a la cera la forma de un pequeño corazón, envuélvelo en el pedazo de tela rosa y tenlo siempre cerca de tu cama.

Ahora bien, si ya tienes amor en tu vida y lo que quieres es reavivar el fuego de tu relación, lleva a cabo este ritual con una vela roja.

Recuerda que el rojo es el color de la pasión, mientras que el rosa es el del amor incondicional.

Los pétalos secos de rosas se utilizan en un sinfín de rituales tanto mágicos como cosméticos y es muy fácil obtenerlos. Basta con poner a secar los pétalos marchitos en una canasta forrada con papel periódico. Añade un puñado de sal marina. Este elemento, además de purificarlos, los va a deshidratar. Por lo menos una vez a la semana mueve los pétalos. Son decorativos, huelen muy bien y tienen un enorme potencial.

Aceite del amor

Todos queremos encontrar el gran amor de nuestra vida o, si ya lo hallamos, queremos conservarlo para siempre. Este aceite te va a ayudar a lograr este objetivo vital.

Elementos:

Tres velas rosas

Un cuarzo rosa

Aceite del amor

Elementos para el aceite del amor:

1/8 de taza de aceite de almendras.

Tres gotas de aceite de esencia de sándalo.

Tres gotas de aceite de esencia de jazmín.

Tres gotas de aceite de esencia de rosa.

Realización del aceite del amor:

Mezcla bien los aceites de esencias con el aceite de almendras. Al hacerlo, concéntrate en tu anhelo de encontrar a tu pareja ideal. Pon toda tu energía en tu intención.

Guarda esta mezcla en un frasco gotero color ámbar.

Realización del ritual:

Unge con tu aceite del amor las tres velas rosas y el cuarzo rosa.

Coloca las velas en forma de triángulo y en el centro coloca tu cuarzo.

Enciende las velas con un cerillo de madera concentrándote en tu intención.

Visualízate rodeada de una luz rosa que llena tu vida de amor. Y tú al lado de esa persona que tanto anhelas.

Deja que las velas se consuman por completo y entierra los restos en una maceta.

Guarda la piedra y tráela siempre contigo.

Para que tu casa siempre esté llena de amor, pon rosas rojas y blancas en la habitación que duermes.

Ritual para olvidar un mal amor

Te habrás dado cuenta que, hasta ahora, nos hemos abocado a los rituales para atraer amor. Este es diferente, ha sido creado única y específicamente para olvidar a esa persona que ocupó el lugar más importante en tu vida... a la persona que más te ha hecho sufrir.

Está dedicado a quien decida que lo importante es vivir y no con quién vivir. Para quien decida con valentía que éste es el momento de dejar atrás el sentimiento hacia aquel o aquella que nos trajo burlas, mentiras y traiciones.

Si estás lista para olvidar, sigue con atención este ritual:

Elementos:

Cerillos de madera

Una cubeta o lata de metal

Una copa de tequila

Una vela blanca

Una vela azul

Una vela roja

Una vela rosa

Todas las fotografías, cartas, recados, recuerditos, regalos baratos y la ropa de la persona, que aún esté en tu poder.

Realización:

Estamos conscientes de que necesitas un gran valor y decisión para deshacerte de todo aquello que te recuerde a la persona y los momentos felices que pasaste con ella, los deseos, las ilusiones, la esperanza. Te felicitamos por tu decisión de moverte hacia adelante, a un nuevo amor, a la pareja adecuada.

Primera fase: El ritual debe llevarse a cabo una noche de luna nueva. Recopila todas sus fotografías, los muñequitos, tarjetitas, la camiseta que te prestó, el suéter que conservas, todo aquello relacionado con esa persona que saldrá de tu vida (No incluye joyas o cualquier objeto costoso, esas las limpiarás como te indicaremos).

En un lugar seguro al aire libre mete todos los objetos dentro del recipiente de metal —si son muchas, usa la cubeta; si son pocas, una lata bastará—. Toma la copa de tequila y viértela sobre los objetos, para que se mojen con el licor.

Enciende un cerillo y, con tu mente en total concentración, recuerda todos, todos los malos momentos que pasaste (y a lo mejor sigues pasando) por esa persona. Recuerda lo peor y cómo te hizo sentir.

Arroja el cerillo dentro del recipiente para prender fuego a los objetos; obsérvalos arder y siente como al ir consumiéndose desaparecen tus recuerdos. Di lo siguiente: "Fulanito (con nombres y apellidos), aquí quemo y dejo consumir cualquier rastro de mi amor hacia ti. Adiós".

Si tienes objetos valiosos que no quemaste, purifícalos con el fuego que encendiste: Sosténlos con ambas manos suficientemente alejados de la lumbre para que no vayan a incendiarse o dañarse y pásalos por encima, pensando que la lumbre eliminará cualquier vibración buena o mala recogida anteriormente, quedando listos para usarse y cargarlos con las nuevas vibraciones positivas que llenarán tu vida a partir de ese momento.

Para terminar, una vez completamente frías las cenizas, recógelas en una bolsa y tíralas al viento de la noche para que se las lleve bien lejos de ti. Puedes hacerlo en un jardín, parque, la calle o cualquier lugar fuera de tu casa.

Si tienes ganas de gritar, maldecir, llorar o reír histéricamente, hazlo. No te reprimas. Es parte de la limpieza mental, física y emocional que has realizado. Ahora eres libre y el mundo es tuyo para hacer lo que tú quieras, sin ataduras ni rencores. Tu futuro empieza en ese momento, aprovéchalo.

Segunda fase: Ya en tu casa, en un lugar tranquilo, pon las cuatro veladoras en un plato formando una cruz. Enciende primero la vela roja, símbolo de la fuerza y del dominio; después enciende la vela azul, de la espiritualidad; en tercer lugar, prende la vela blanca que te ayudará a encontrar la paz y, por último, la rosa, que te armonizará y abrirá de nuevo las puertas al amor.

Trata de dormir bien y en paz esa noche, porque a partir del día siguiente tu vida cambiará. De pronto y gradualmente, te sentirás mejor contigo misma, más atractiva y más segura de que tomaste la decisión correcta: el olvido. Es más, ya ni recuerdas a esa persona y no volverás a pensar en ella ni a mencionarla. ¡Suerte!

Tintura del amor

Las tinturas son líquidos perfumados que se logran dejando macerar cierto tipo de plantas y flores en alcohol. El alcohol va a impregnarse de la energía de las hierbas. Desde tiempos muy remotos estas tinturas se han utilizado con fines curativos y mágicos y son tan efectivas como los aceites.

Elementos:

Tres partes de alcohol etílico

Una parte de agua destilada

Un puñado de hojas secas de lavanda

Un puñado de hojas secas de romero

Un puñado de pétalos secos de rosas

Unas gotas de glicerina como fijador

Realización:

Machaca en un mortero las hojas de lavanda, de romero y los pétalos de rosas hasta que quede un polvo muy fino. Mientras lo haces, visualiza una luz rosa que inunda todo tu cuerpo y que irradias a todo el universo.

Pon el agua y el alcohol en un frasco y añade el polvo de las hierbas. Tápalo bien y déjalo reposar durante veinte días.

Después, filtra la tintura y guárdala en una botella. Añade las gotas de glicerina. Puedes adornarla con unos pétalos de rosas.

La tintura del amor la puedes utilizar como perfume, o para ungir velas rojas o rosas o en cualquier ritual de amor.

¿Sabías que el aguacate es una planta que está regida por Venus, el planeta del amor? Es tan fuerte la energía sutil que emana esta planta a través de la energía que recibe de Venus, que es de gran ayuda para problemas de impotencia, para aumentar el impulso sexual, o simplemente para atraer amor a nuestras vidas.

No todos podemos tener un árbol de aguacate en nuestras casas, pero sí podemos cultivar una pequeña planta.

Siembra un hueso de aguacate sin pellejo en una maceta con tierra y riégalo todos los días hasta que germine. Cuida de esta planta como si se tratara de tu pareja.

Baños mágicos

Desde tiempos muy antiguos, los baños aromáticos se han utilizado con fines mágicos, cosméticos y terapéuticos.

Las flores, las hierbas, las plantas y los aceites de esencias liberan toda su energía sutil al entrar en contacto con el agua caliente. Y cuando la piel entra en contacto con ésta, los poros se dilatan, lo que permite que las esencias penetren fácilmente al cuerpo, llenándolo de los poderes de los extractos. Es por esto que los baños son un ritual tan poderoso para atraer el amor, la salud, la belleza y la abundancia a nuestras vidas.

Baño del amor

Este baño te ayudará a atraer amor a tu vida.

Elementos:

Tres partes de pétalos secos de rosas

Dos partes de hojas de geranio de olor

Una parte de hojas de romero

Una pedazo de manta de cielo o yute

Realización:

Primero tienes que confeccionar una bolsita con la tela.

En un plato de cerámica mezcla las hierbas y los pétalos y rellena con esta mezcla la bolsa. Carga la bolsita con toda tu fe y energía.

Ahora llena la tina de agua caliente. Mete el saquito en el agua de la bañera y déjalo reposar hasta que el agua haya adquirido el olor de las plantas.

Mientras te bañas, visualízate como una persona cariñosa en busca de alguien similar.

Si no tienes tina o prefieres darte un regaderazo, puedes frotarte el cuerpo con el saquito después de la ducha justo antes de secarte el cuerpo.

Báñate con esta mezcla todos los días si deseas atraer amor a tu vida.

Las mezclas de hierbas para los baños mágicos puedes prepararlas por adelantado y guardarlas en frascos de vidrio, herméticamente cerrados, hasta que necesites usarlas.

Pócima afrodisiaca para enloquecer a tu amante

Los afrodisiacos son sustancias susceptibles de estimular el deseo sexual. Se les designa con un derivado del nombre de Afrodita, la diosa griega del amor. Incluyen, además de las substancias tomadas oralmente, estimulantes visuales, auditivos, táctiles y olfatorios y, en una palabra, cualquier cosa que excite la sensualidad.

Lleva a cabo este ritual en una noche de amor apasionado.

Elementos:

1 pizca de romero fresco

2 pizcas de tomillo

2 cucharaditas de té negro

3 hojas de menta fresca o media cucharadita de hojas secas de menta

5 pétalos frescos de capullo de rosa o una cucharadita de pétalos secos

3 pizcas de nuez moscada

3 trozos de cáscara de naranja

Realización:

Mientras preparas esta pócima, impregna los elementos con tu energía sexual.

Mezcla todos los elementos dentro de una tetera. En otro recipiente, pon a hervir tres tazas de agua. Una vez que haya hervido, vierte el agua caliente en la tetera sobre la mezcla.

Déjalo reposar durante tres minutos.

Sírvelo caliente. Si quieres, puedes endulzar la pócima con miel.

Dáselo a tu amado en una noche romántica y toma un poco de este brebaje tu también.

Verás los resultados.

El feng shui recomienda que cubras con una tela roja el box spring de la cama que compartes con tu pareja. La energía sutil del color rojo se encargara de mantenerlos unidos.

Miel del amor

Esta miel también se hace con ingredientes afrodisiacos. ¡Sus resultados son notables!

Elementos:

1 taza de miel pura

Dos rajitas de canela

1 cucharadita de clavos enteros

1 trozo de cáscara de limón

1 trozo de ramita de vainilla

1 pizca de cardamomo triturado

Dos velas rosas

Realización:

Pon las hierbas y la miel en un tarro que cierre herméticamente. Agita el tarro hasta que la miel quede impregnada de todas las hierbas. Coloca el tarro entre las dos velas rosas. Enciende las velas y manténlas así hasta que se consuman. Concéntrate en la llama de la vela al tiempo que te visualizas felizmente enamorada y correspondida.

Después, deja reposar la miel en un lugar oscuro durante tres semanas.

Añade pequeñas cantidades de esta miel a tus alimentos y a las bebidas calientes si lo que deseas es estimular el amor y los buenos sentimientos.

Puedes consumir esta miel todos los días y compartirla con tu pareja.

Las esencias que propician el amor son el jazmín y la rosa. Para la pasión te recomendamos usar ylang ylang o el patchouli por sus cualidades afrodisiacas.

Saquito del amor

Este ritual consiste en confeccionar una bolsita rellena de hierbas mágicas. Este saco se convertirá en tu talismán para atraer amor.

Elementos:

Un paño rosa de cualquier material, si es una fibra natural, mucho mejor.

Para el relleno vas a necesitar:

Tres partes de hojas de lavanda

Dos partes de pétalos secos de rosas

Una parte de flores secas de jazmín

Unas gotas de aceite esencial de rosas

Realización:

Primero tienes que confeccionar un saquito con el paño rosa. Echa a volar tu creatividad. Le puedes dar forma de corazón, por ejemplo. Lo importante es que te guste, porque se va a convertir en un amuleto que va a estar siempre contigo.

Una vez que hayas confeccionado el saquito, mezcla las hojas de lavanda, los pétalos de rosas y las flores de jazmín. Al mezclarlas, energetízalas con tu intención. Pídeles que te ayuden a conseguir a tu pareja ideal o a conservarla, si es que ya la has encontrado.

Rellena el saquito con esta mezcla.

Este saquito lo puedes traer contigo para atraer el amor o ponerlo debajo de la almohada de tu amante para reavivar la pasión.

Las piedras que favorecen el amor son la aguamarina, el brillante, el rubí y, por supuesto, el cuarzo rosa.

Los mejores amuletos para alcanzar este fin son una pluma de colibrí bajo la almohada o una rama de romero junto a la cama.

Ritual de la manzana del amor

Con este ritual podrás alcanzar y asegurar el vínculo amoroso, para hacerlo más fuerte y lograr que dure para siempre.

Ingredientes:

Una manzana roja

Una pluma con tinta roja

Tres clavos de olor

Un pedazo de tela roja

Ritual:

A una preciosa manzana roja, perfecta y sin magulladuras sácale el corazón con un cuchillo afilado o la punta de un pelador de papas (como si fueras a preparar manzanas al horno).

En un pedazo de papel escribe con tinta roja tu nombre completo y debajo, el nombre completo de la persona amada.

Haz un rollito apretado con el papel y mételo dentro de la manzana, exactamente en la parte dei corazón que sacaste. Regresa este fragmento (el corazón) y úsalo para sellar el fruto como si fuera una tapita.

Toma los tres clavos de olor y clávalos en círculo, justo donde se unen la manzana y la tapita. Al poner cada clavo repite el nombre de la persona que amas y después el tuyo, visualizando que están juntos.

Deja la manzana secar al sol hasta que se deshidrate completamente. Verás que cuando esté seca, el papel que escribiste con los nombres y la pulpa de la manzana se han fundido el uno con el otro.

Cuando esto suceda, envuelve la manzana seca en una tela roja y guárdala en un lugar secreto de tu cuarto.

El Incienso

Desde siempre, el incienso ha sido un gran auxiliar en los rituales, su humo aromático ayuda a establecer un banal místico de contacto entre quien oficia y los espíritus del mundo astral.

Una vez consumido el incienso, sus cenizas deberán esparcise en el aire, nunca tirarlas a la basura. He aquí algunos de sus usos:

Buena suerte: Jazmín, Canela, Coco.

Unión familiar: Lavanda, Rosa, Azahar.

Amor: Rosa, Jazmín, Lavanda, Sándalo.

Inciensos Zodiacales

Aries: Incienso y Geranio.

Tauro: Incienso y Verbena.

Géminis: Enebro y Almizcle.

Cáncer: Ambar y Mirra.

Leo: Mirra y Sándalo.

Virgo: Mirra y Estoraque.

Escorpión: Tabaco e Incienso.

Sagitario: Almizcle y Geranio.

Capricornio: Clavo y Canela.

Acuario: Verbena y Clavo.

Piscis: Aloe y Sándalo.

Ritual con cítricos para atraer el amor

Si deseas atraer a un hombre, usa una naranja. Si quieres atraer a una mujer, usa un limón. Estos dos cítricos tienen el poder de atraer amor a nuestras vidas.

Elementos:

Un limón o una naranja según sea el caso

Escoge una pieza de fruta que esté dura y a punto de madurar

2 cucharadas de canela triturada

2 cucharadas de jengibre triturado

Un puñado de clavos enteros

Realización:

Toma los clavos e introdúcelos uno a uno en la naranja o el limón hasta formar un corazón en la superficie de la fruta.

Ahora mezcla la canela y el jengibre en un plato. Pon la naranja o el limón sobre el plato y hazlo girar hasta que quede totalmente cubierto con la mezcla del amor.

Todos los días, haz rodar el fruto en el plato y déjalo así varias semanas hasta que esté completamente seco.

Cuando esto haya sucedido, tira la fruta a un río o entiérralo en una maceta, o en un parque. Recuerda que en todos estos rituales es muy importante devolver a la tierra todo lo que nos da.

Ya verás cómo las propiedades de la energía sutil del limón y la naranja cumplirán su función de atraer a tu vida a la persona amada.

Si quieres armonizar a tu pareja, coloca una foto suya dentro de una pirámide una noche de luna llena. Si es el negativo de la fotografía, mejor. De esta forma también puedes cargar un cuarzo rosa con la energía de la luna llena. Las pirámides funcionan como una antena de radio que atrae a su interior la energía de los elementos.

Conjuro infalible para atraer amor

Los polvos mágicos están compuestos por hierbas trituradas que se esparcen en sitios determinados para que liberen su energía.

Estos polvos están elaborados con hierbas cuya energía atraerá amor a tu vida.

Elementos:

Dos partes de pétalos secos de rosa

Una parte de jengibre

3 partes de hojas de lavanda

Realización:

Machaca todo esto en un mortero. Mientras lo haces, visualiza e imagina que tu vida se llena de amor y que encuentras a la persona amada.

Es muy importante que cargues a las hierbas con toda tu energía. Programa los elementos para que concreten tus objetivos. Esto lo logras a través de tus visualizaciones.

Una vez que hayas pulverizado las hierbas por completo, puedes echarlos en tus sábanas antes de dormirte, o hacer un círculo alrededor de una vela rosa antes de encenderla con la finalidad de atraer amor a tu vida.

Otra forma de utilizarlos es formando con ellos un círculo alrededor de la cama que compartes con tu pareja. El poder de estos polvos va armonizar tu relación.

La energía de la luna llena es la más propicia para realizar rituales de amor. El más sencillo es salir a la luz de la luna y darnos un baño con su energía. Basta quedarse bajo su fulgor unos minutos para llenarnos de amor.

Ungüento mágico para el amor

Este ungüento lo puedes utilizar en una noche de pasión para darle un buen masaje erótico a tu compañero o compañera.

Las propiedades afrodisiacas de sus elementos propiciarán un increíble encuentro amoroso.

Elementos:

$\frac{1}{4}$ de taza de cera de abejas. Esta la consigues en cualquier droguería

$\frac{1}{4}$ de taza de aceite de almendras

4 gotas de aceite de esencia de ylang ylang

Dos gotas de aceite de esencia de lavanda

1 gota de aceite de esencia de cardamomo

1 gota de extracto de vainilla

Realización:

Derrite la cera de abejas en baño María. Cuando se haya derretido por completo, añade el aceite de almendras. Muévelo con una cuchara de madera hasta que la cera se haya mezclado con el aceite.

Apártalo del calor y deja que se enfríe un poco.

Ahora, agrega los aceites de esencias de ylang ylang, de lavanda, de cardamomo y el extracto de vainilla. Mezcla todo bien al tiempo y guárdalo en un recipiente cerrado.

Crea una atmósfera propicia para el amor cuando vayas a utilizarlo. Música suave, incienso, de sándalo de preferencia, velas rosas y rojas ungidas de ylang ylang y dale a tu pareja un masaje con él.

¿Sabes por qué a la luna de miel se le llama luna de miel? Resulta que los antiguos griegos le daban a las novias una "luna de miel", literalmente. Es decir, alimentaban a la novia con miel durante una luna, un ciclo lunar. Los griegos conocían muy bien las propiedades afrodisiacas de la miel. Así que ya sabes, ¿quieres conservar la pasión? ¿Por qué no te tomas una "luna de miel"?

Receta peligrosa para atraer al sexo opuesto

Este ritual nos lo regaló una amiga radioescucha. Muchas gracias, Lucía.

Te queremos advertir que realmente es peligroso, porque va a atraer al sexo opuesto de tal forma, que después no vas a saber qué hacer con tantos prospectos.

Este ritual es tan poderoso que podrías atraer más de lo que esperabas.

Elementos:

Tres huesos rojos de melocotón

$\frac{1}{4}$ de litro de alcohol

1/8 de litro de loción de fruta verde. La puedes encontrar con las yerberas

1 pedazo de alumbre

Una pizca de harina de maíz

1 cucharada de miel de abeja

Realización:

Ahora tienes que esperar a que sea lunes y justo al amanecer vas a poner en un recipiente de cristal todos los elementos: los huesos de durazno, el alcohol, la loción de fruta verde, el alumbre, la harina de maíz y la miel de abeja. Tapa bien el frasco y déjalo reposar durante veintiún días.

Durante estos veintiún días tú te tienes que bañar con jabón neutro, del más puro que encuentres en el mercado.

Cuando hayan pasado los veintiún días, cuela la loción y frótate el cuerpo con ella después del baño. Al frotártela, visualiza que de ti emana una luz rosa. La luz del amor. La luz que traerá a esa persona ideal a tu vida.

La parte final de este ritual consiste en enterrar los huesos de durazno en una maceta. Riégala todos los días. No importa que no germine. La receta ya estará ejerciendo sus poderes sobre tu vida.

Unge una vela roja con ylang ylang en las noches de pasión. Este aceite esencial es un poderoso afrodisiaco que en combinación con la energía sutil del color rojo, encenderá el fuego con tu pareja.

Polvos mágicos para el amor

Este ritual es muy conocido. Con él, realizarás un polvo que empleado después del baño, hará cambiar tu energía sutil, haciéndote mas receptiva al amor. También puede servir para un bonito regalo.

Elementos:

Una caja de talco

Una cucharada de almizcle en polvo

Veintiún semillas de anís molidas

Siete gotas de aceite de jazmín

Siete gotas de aceite de rosas

Siete gotas de aceite de verbena

Un cuarzo rosa

Realización:

Procura que el talco venga en una de esas lindas cajitas redondas o bien consigue una adecuada.

Mezcla todos los ingredientes, coloca el cuarzo rosa enmedio de los polvos. Con la caja cerrada, deja que reciban los poderes del sol y luego de la luna durante todo un día y toda una noche. Si lo haces en luna llena o creciente el efecto será mayor.

Usando los polvos diariamente transmitirás amor y armonía que serán captados por todos los que estén cerca de ti. No olvides ponértelos cuando tengas una cita muy especial.

El ámbar

Esta resina semitransparente que muchas veces tiene un insecto atrapado al inicio de su formación, es comúnmente usada en joyería, logrando diseños sorprendentes.

Al molerse, el ámbar desprende un aroma único que puede agregarse como poción mágica de suerte y protección al perfume personal.

Se cree que el ámbar propicia sentimientos de cordialidad y simpatía, además de ayudar a encontrar y proteger el amor verdadero.

Oración para encontrar a la pareja ideal

Esta oración, regalo de la Dra. Lucy Romero*, te ayudará a encontrar a tu pareja ideal, a esa persona que sabes existe pero aún no conoces, a quien te ame y respete por lo que realmente eres.

Y es que, desgraciadamente, a veces somos como imanes que atraen relaciones conflictivas, destructivas o simplemente nos enamoramos de quien no corresponde lealmente a nuestros sentimientos.

Repite la oración todos los días por la mañana. Convéncete que eres un ser único, especial y que, por lo tanto, mereces encontrar el verdadero amor.

Oración:

Yo pido.

Yo merezco.

Yo reclamo

A mi compañero (a) ideal.

* Psicóloga, terapeuta de parejas, autora del libro "el mundo de deepak chopra"

El mejor.
El más adecuado para mí.
Aquí y ahora,
En armonía para todos
En la gracia de dios
Y de manera perfecta.
Gracias padre, por escucharme.

Cómo escoger un cuarzo

Los cuarzos tienen diferentes vibraciones, aunque sean aparentemente iguales. Cuando vayas a comprar algunos, fíjate bien primero en la forma y toma varios en tu mano izquierda, aprieta fuerte y luego suelta.

Ve descartando los que tengan menos afinidad contigo (tú vas a sentirlo). Se dice que, como las figuras de ángeles, los cuarzos escogen a sus dueños y no al revés.

Baño de hierbas para el amor

Las hierbas, bendición de la naturaleza, tienen cualidades alimenticias, curativas, aromáticas, ornamentales y también rituales. Algunas pueden ser usadas en el baño en su forma más pura para obtener amor, salud y protección.

Si cuentas con una tina en tu casa, puedes usarla en infusiones para que sus efectos te favorezcan al penetrar en tu piel, pero si en tu baño se acostumbra la regadera, también puedes hacer de este evento cotidiano algo diferente y mágico con beneficios inmediatos.

Elementos:

Un manojo de romero

Pétalos de rosa

Un ramo de "limpia"

Realización:

Desbarata el manojo de romero y el ramo de limpia (se consigue en el mercado, con las yerberas), colócalos en el piso de la regadera de modo tal que formes un tapete de hierbas.

Abre la regadera y deja que el vapor volatilice los poderes del romero, la planta protectora del amor; de las rosas, símbolo del romanticismo y de la pasión y del ramo de limpia, que te ayudará a mantener lejos la adversidad.

Mientras te bañas, procura crear imágenes mentales de amor hacia quien aún no conoces o con la persona que compartes tu vida.

¿Pueden tocar tu cuarzo?

Definitivamente sí. Se supone que quien toma tu cuarzo entre sus dedos para admirarlo, es persona de buena fe que se acerca a ti con buenas intenciones y no con el afán de hacerte daño.

Tendría que ser alguien verdaderamente sabio, versado en el ocultismo y prácticas de magia negra quien en los pocos segundos que tiene tu piedra en las manos le transmita conjuros de maldad para que los recoja e irradie sobre tu persona.

De cualquier forma, si no te sientes a gusto permitiendo a los demás que toquen tus piedras, amuletos o talismanes, no dejes que lo hagan. En el último de los casos, puedes limpiarlos y volverlos a programar. Así que no hay por qué preocuparse, lúcelos con gusto.

Atadura de amor

Especialmente dedicado para quien, inseguro del amor de su pareja busca cerrar el vínculo, atar y amarrar para siempre ese amor.

Es particularmente efectivo para lograr un compromiso formal o el matrimonio después de un largo tiempo de noviazgo.

Elementos:

Una cajita o joyero

Un listón rojo

Una rama de romero

Quince pétalos de rosa roja

Una foto de tu pareja

Un cabello o pedacito de uñas de la misma persona

Una vela roja

Realización:

Enciende la vela con la profunda intención de que ya se formalice la unión entre ustedes dos. Pide que nada ni nadie los separe.

Abre la cajita y deposita los pétalos de rosa; con ellos demanda que el amor los rodee. Encima de los pétalos coloca la fotografía, repitiendo en voz alta su nombre.

Pon ahora cabello o uñas diciendo: "me perteneces en cuerpo y alma". Por último, acomoda encima de todo la ramita de romero, conocido como el protector del amor.

Cierra la caja pensando que adentro está el cuerpo, corazón y mente de tu amado(a). Átalos fuertemente con el listón rojo, mientras visualizas que estás atando a tu pareja en un amarre indisoluble contigo.

Deja la cajita junto a la vela hasta que se consuma y se apague la llama. Luego guárdala bajo tu cama, donde debe permanecer por quince días seguidos. Al término de ese tiempo, escóndela en un lugar secreto.

Aceite para el amor

Una noche de luna creciente, mezcla los siguientes aceites de esencias:

Siete gotas de ylang ylang.

Tres gotas de rosa.

Dos gotas de lavanda

Déjalos toda la noche bajo los influjos de la luz de la luna.

Retíralos antes de que salga el sol.

Puedes añadir tres gotas de los aceites a una cucharada de aceite de almendras y frotártelo en el cuerpo mientras está húmedo por el baño.

Amor de luna llena

Este precioso ritual es perfecto para quien desea encontrar al amor de su vida y también para los jóvenes que esperan a cupido por primera vez.

Elementos:

Una vela rosa

Pétalos frescos de rosas rosadas

Una concha de mar

Un cuarzo rosa

Realización:

Una noche de luna llena pon en un plato blanco la vela rosa, junto coloca la concha llena de agua y alrededor de todo, forma un corazón con los pétalos de rosa.

El ritual debe llevarse a cabo en un lugar seguro, cerca de una ventana, para que la energía de la luna llena favorezca la cercanía del amor.

Enciende la vela con un cerillo de madera, toma el cuarzo rosa en la mano izquiera y visualiza cómo un rayo de luz entra en la piedra cargándola con su vibración, permitiendo que se convierta en un imán localizador de tu alma gemela, atrayendo al amor de tu vida.

Después de la visualización, deposita el cuarzo adentro de la concha con agua. A la mañana siguiente moja tus dedos, ojos, frente y boca con el agua de amor de luna llena, recoge la piedra y llévala siempre contigo.

La petición ha sido lanzada, ahora debe ponerse mucha atención porque donde menos esperes vas a encontrar a ese ser único y especial para ti.

Soñar a tu pareja

Un antiguo hechizo de las ribus indias de norteamerica ordena a las jovencitas poner un ámbar bajo su almohada, para soñar al que será su compañero en la vida.

Traducido a las épocas modernas, el ámbar debe colocarse dentro de una bolsita rosa, o atado dentro de un pañuelo blanco que haya sido usado por la futura esposa.

Hazlo siete días seguidos, siempre en luna creciente.

Baño místico para seducir

En este libro encontrarás muchos rituales de baños mágicos. Recuerda que las vibraciones sutiles de los ingredientes pasarán directamente a nosotros al contacto con la piel, pero nunca olvides que la fuerza que pongas a la intención y la concentración de tus deseos y peticiones es lo primordial.

Elementos:

Un coco

Un puño de sal en grano

Tres pimientas enteras

Realización:

Este baño deberá utilizarse antes de la importante cita o bien, la noche anterior. Pon a hervir en una olla con agua el romero, la sal y la pulpa del coco (guarda el agua, la usarás después) y las tres pimientas.

Prepara el baño, si es en la tina, mejor. Pon en la tina la mitad del agua mágica que herviste. Cierra los ojos y siente como el agua te limpia de cualquier recuerdo amoroso negativo.

Ahora usarás el agua de coco derramándola sobre tu cabeza y enseguida te frotarás todo el cuerpo con la infusión restante de romero, pulpa de coco, sal y pimienta.

No te seques, permite que la energía afrodisiaca de los ingredientes penetre en ti, haciéndote la persona más seductora de la tierra para despertar la pasión en tu ser amado.

Además, la pimienta te revestirá de un aire místico, casi de un ser inalcanzable, lo que será más atractivo ante sus ojos.

Inciensos zodiacales

Aries: incienso y geranio.

Tauro: incienso y verbena.

Geminis: enebro y almizcle.

Cáncer: ambar y mirra.

Leo: mirra y sándalo.

Virgo: mirra y estoraque.

Escorpión: tabaco e incienso.

Sagitario: almizcle y geranio.

Capricornio: clavo y canela.

Acuario: verbena y clavo.

Piscis: aloe y sándalo.

Lazos de amor

Para hacer el amor más fuerte, para una unión duradera donde el amor sea la fuente que la alimente por siempre. Para estrechar los lazos y para lograr un compromiso matrimonial, este ritual es infalible.

Elementos:

Una vela roja

Un cabello de la persona amada

Un cabello tuyo

Miel de abeja

Realización:

Con una aguja escribe en la vela tu nombre y el de la persona amada. Unge la vela con la miel uniendo los dos cabellos y enredándolos en la vela mientras repites en voz alta ambos nombres.

Enciende la mecha y concéntrate en tus deseos de acercamiento con tu pareja. Visualízate a su lado como te quisieras ver, feliz, con intenso amor, sin nada que pudiera distanciarlos.

Si existe algún motivo por el cual su unión se haya visto afectada demanda que este problema sea eliminado.

Recuerda, sin embargo, que hay situaciones imposibles de alterar o ser forzadas. Puede ser que la persona no sea libre o que su corazón pertenezca a alguien más.

Como en todos los demás rituales, los restos de las velas deben ser enterrados.

Colores de velas astrales

Aries: rosa, blanco.

Tauro: rojo, amarillo.

Géminis: rojo, azul claro.

Cáncer: naranja, verde.

Leo: naranja, rosa.

Virgo: oro, verde.

Libra: verde, violeta.

Escorpión: amarillo, rojo.

Sagitario: azul obscuro.

Capricornio: rojo, amarillo.

Acuario: amarillo, azul.

Piscis: verde, azul.

Ritual de la papa de la fidelidad

Este ritual es sumamente efectivo, especialmente cuando se trata de mantener junta a una pareja que ya se ama. Con esta receta aseguramos un vínculo que no puede ser roto y alejamos al fantasma del olvido.

Elementos:

- Dos papas grandes
- Un listón rojo
- Un clavo de largo suficiente para atravesar las papas

Ritual:

Hazlo de preferencia cuando la luna esté en creciente.

Corta las dos papas a la mitad (solamente usarás la mitad de cada una, la otra mitad puedes usarla para cocinar).

Con la punta del clavo, escribe sobre la pulpa de una de las mitades el nombre de tu pareja y en la otra mitad, escribe el tuyo. Cuida que sean los nombres completos, con apellidos.

Une las dos mitades formando una sola papa, atraviésalas con el clavo cuidando que la cabeza quede en la parte de tu pareja, de no hacerlo así, el encanto se revertirá y serás tu quien esté más "clavado" en la relación.

Toma el listón rojo y amarra la papa con tres nudos repitiendo los nombres de los dos en cada uno de los nudos.

Como paso final entierra la "papa de la fidelidad" en un parque, jardín o camellón. Procura ponerla lo más profundo que puedas, así nadie la moverá de su lugar, pues el tiempo que permanezca enterrada, será el mismo en que la relación continúe estable (si pusiste la papa en tu jardín y nace una plantita, es maravilloso, cuídala mucho).

Limpia de casa para el amor

Muchas veces sentimos el ambiente de nuestra acasa o alcoba, cargado de negatividad y en esa situación, ningún romance puede florecer. Aquí te damos una sencilla receta para armonizar:

En una cubeta pon tres gotas de esencia de pachuli, dos gotas de aceite de esencia de vetiver y dos cucharadas grandes de vinagre de sidra. Usa el agua para limpiar superficies como tocadores, mesas o sillas y termina con el piso.

Ritual del listón verde para atraer el amor

Este ritual es muy efectivo, muy fácil de realizar y te ayudará a llamar la atención de esa persona especial que parece no notar tu presencia, o bien para cuando entre tú y tu pareja ha habido un alejamiento y se ha perdido el contacto.

Elementos:

Un listón verde

Una pluma de tinta roja

Realización:

Un viernes por la noche escribe en el listón el nombre de la persona que te interesa, enseguida la palabra "venus", después tu nombre y al último la palabra "amor".

Sin que nadie te ayude, amarra el listón a tu muñeca izquierda poniendo el lado escrito pegado a tu piel. Haz siete nudos y en cada uno invoca su nombre y pide lo que deseas (que vuelva, que lo encuentres, que se fije en ti, etc.).

Deja el listón en tu muñeca hasta que se rompa o se caiga solo. Puedes bañarte con él, no importa si se despintan los nombres (aunque podrías usar un marcador permanente para escribirlos), pues la intención ahí queda.

Si alguien te pregunta por tan extraño adorno, explícales que lo usas para acordarte de una cita, o de no comer chocolates o cualquier cosa parecida que se te ocurra. Nunca descubras a nadie su verdadero propósito.

Feng-shui para el amor

Verifica que en el área de feng-shui correspondiente al amor y las asociaciones (matrimonio) no se encuentre ninguna cosa desparejada, es decir, si tienes candelero, que sean dos; si hay un cisne de adorno, que sea un par o mejor quítalo. Procura que los cuadros también reflejen cosas en pares.*

Y no olvides honrar los colores de la zona: blanco y rojo o rosa (mezcla de blanco y rojo). No quiere decir que pintes la pared de esos tonos, sino que pongas ahí un detallito de los colores.

* Es la zona de la derecha y al fondo, mirando desde la entrada principal de la casa o de la habitación.

Parte 2

Rituales para la belleza

Loción antiestrías

Las estrías no son más que el resultado del excesivo estiramiento de la piel. Esto sucede cuando subimos y bajamos de peso con frecuencia o después de un embarazo. Desgraciadamente, una vez que se han formado, no hay nada que borre las estrías. Sin embargo, puedes hacer muchas cosas para prevenirlas.

Es muy importante que cuides tu peso, las altas y bajas en el peso corporal provocan que los tejidos pierdan tono.

Elementos:

½ litro de agua de rosas

½ litro de alcohol

½ litro de glicerina

100 gramos de cola de caballo

50 gramos de pétalos de rosa

10 gramos de hiedra

12 gotas de aceite de esencia de limón

Realización:

Coloca todos los ingredientes en un frasco grande de plástico y ciérralo bien. Déjalos macerar esta mezcla durante 21 días.

Una vez transcurridos los 21 días, cuela el líquido y utiliza la loción diariamente después del baño.

Te recomendamos que utilices esta loción cuando estés bajando de peso o después de haber dado a luz. No te la recomendamos durante el embarazo.

Úsala todos los días y verás los resultados.

La mejor forma de evitar las estrías es mantenerte en peso. Para lograrlo, es importante que aprendas a combinar bien tus alimentos. Por ejemplo, nunca combines carbohidratos con proteínas. Es decir, nunca comas carne con pasta. Combina tanto las proteínas como los carbohidratos con verduras de preferencia crudas. Toma mucha agua y haz ejercicio cotidianamente.

Un tip: Caminar es uno de los mejores ejercicios. Y no tienes que gastar cientos de pesos en un gimnasio. Basta con que salgas a la calle para ponerte en forma.

Loción reafirmante

Hombres y mujeres sabemos lo difícil que es regresar los tejidos a su lugar. Sobretodo, cuando subimos de peso o después de dar a luz.

Por desgracia, la fuerza de gravedad ejerce su influencia sobre nuestros cuerpos con nefastas consecuencias.

Esa receta ha sido utilizada por nuestras abuelas y hasta bisabuelas con espléndidos resultados. Los elementos que la componen tienen enormes propiedades astringentes y reafirmantes.

Elementos:

1½ de alcohol alcanforado

½ litro de éter

La cáscara de un plátano macho verde

Un manojo de romero

Dos nueces de Castilla peladas

Un manojo de perejil

Un manojo de hojas frescas de menta

Realización:

En un frasco grande de plástico, pon la cáscara del plátano, el manojo de romero, las nueces de Castilla peladas, el manojo de perejil y el manojo de hojas de menta. Cubre todo con el alcohol y el éter.

Déjalo reposar durante 21 días, fíltralo y úsalo diariamente después del baño friccionando vigorosamente todas aquellas partes que quieras reafirmar.

Otra forma de utilizar esta loción es empapando con ella una venda que pondrás en las zonas afectadas como el abdomen, las caderas, los muslos y los glúteos.

Las lonjitas que aparecen alrededor de la cintura son muy fáciles de combatir. Usa una mezcla de bicarbonato y sal marina a partes iguales. Agrega jugo de limón hasta hacer una pasta maleable. Úntate la pasta en las lonjitas de la espalda y el tórax, el vientre, las caderas y los muslos. Envuélvete en una tela vieja y después en plástico. Lo ideal sería que pudieras pasar toda la noche así. Basta llevar a cabo este ritual do o tres días para deshacerte de esas odiosas llantitas.

Aceite para masaje contra la celulitis

La celulitis no es otra cosa que la inflamación de las células adiposas. Este proceso está directamente relacionado con las hormonas. Por esto, las mujeres la padecemos con mucho más frecuencia que los hombres.

Los masajes constantes ayudan mucho a quitar esos horrorosos "hoyitos" en la piel.

Los elementos de aceite para masaje tienen propiedades astringentes y desinflamatorias.

Elementos:

50 ml de aceite de almendras

10 gotas de aceite de esencia de naranja

10 gotas de aceite de esencia de toronja

10 gotas de aceite de esencia de enebro

Realización:

Prepara una mezcla con los aceites de esencias. Agrega 10 gotas de esta mezcla al aceite de almendras.

Antes de darte el masaje, cepíllate las piernas en seco con un cepillo de cerdas naturales. Es importante que el cepillado lo hagas de abajo hacia arriba. Ésta es una forma muy eficaz de activar la circulación.

Ahora sí, date un vigoroso masaje con este aceite. Aprieta con los nudillos las zonas problemas. De esta forma produces un drenaje linfático. Es decir, el sistema linfático se encargará de deshacerse de la grasa y toxinas liberadas de las células adiposas.

Otra alternativa es utilizar un hueso de aguacate fresco, con todo y cáscara, para darte el masaje. La delgada cascarilla del hueso del aguacate tiene enormes propiedades reafirmantes.

También te recomendamos que bebas mucha agua durante el día. Beber agua mientras llevamos a cabo un régimen para adelgazar es muy importante porque mantiene nuestra piel hidratada al tiempo que ayuda a nuestro organismo a eliminar toxinas, purificándonos y embelleciéndonos.

Aceite de frutas para piel seca

¿No te pasa que hay días en que sientes la piel seca, como si fuera una lija?

Bueno, para esos días, puedes preparar un aceite de frutas. Por las propiedades de sus elementos, este aceite le devuelve a la piel los aceites naturales que pierde cotidianamente.

Elementos:

½ vaso de aceite de aguacate

½ vaso de aceite de mamey

¼ de vaso de aceite de almendras dulces

6 gotas de aceite de canela

Realización:

Mezcla todos los ingredientes hasta obtener una solución homogénea.

Aplícalo en todo tu cuerpo y déjalo que actúe por un espacio de 30 minutos. Retira el exceso de aceite con un rápido regaderazo con agua tibia. Procura dejar una ligera capa sobre tu piel. No te seques con toalla. Permite que el aceite penetre en tu piel para que obtengas el máximo beneficio de las propiedades de los aceites de las frutas.

Baño adelgazante

Si ya estás harta de esos kilitos de más, date este baño adelgazante que te va a ayudar a deshacerte de ellos.

Elementos:

150 g de hojas frescas de laurel

100 g de hojas de hiedra.

Realización:

En una olla, cubre las hojas con suficiente agua. Prepara una infusión: permite que las hojas hiervan durante diez minutos. Deja reposar la mezcla otros diez minutos.

Llena la tina con agua templada y agrega la infusión. Sumérgete en la tina. Relájate. Visualiza cómo la energía de la infusión que preparaste penetra en tus poros. Imagínate delgada, con el cuerpo firme. Disfruta este baño durante veinte minutos. Al terminar, date un masaje con un hueso de aguacate.

Si no cuentas con una tina, date un regaderazo frío y después date un masaje en todo el cuerpo con la infusión adelgazante.

Champú de frutas para todo tipo de cabello

El cabello está formado por dos partes: la raíz, que se fija en una cavidad del cuero cabelludo llamada folículo piloso, y el tallo, que es la parte compuesta por células muertas.

Con el tiempo, estas células pierden su recubrimiento natural de queratina, sustancia que produce la solidez y resistencia del cabello.

Este ritual mezcla las propiedades de las frutas para devolver al cabello su brillo natural.

Elementos:

$\frac{1}{4}$ de vaso de jugo de limón

$\frac{1}{4}$ de vaso de jugo de naranja

$\frac{1}{4}$ de vaso de jugo de fresa

$\frac{1}{4}$ de vaso de jugo de durazno

$\frac{1}{4}$ de vaso de jugo de papaya

$\frac{1}{4}$ de vaso de té de manzanilla

$\frac{1}{4}$ de vaso de jugo de manzana

$\frac{1}{4}$ de vaso de jugo de melón

$\frac{1}{2}$ litro de agua

50 gramos de jabón neutro rallado

Realización:

Hierve el agua y agrega el jabón, moviendo hasta que se disuelva. Retíralo del fuego y añade el jugo de todas las frutas y el té de manzanilla.

Deja enfriar la mezcla y envásala en una botella de plástico.

Puedes utilizar este champú todos los días.

Mezcla a partes iguales aceite de ricino, de almendras y de olivo y ponte la mezcla como mascarilla para el cabello durante veinte minutos por lo menos una vez a la semana.

Las propiedades emolientes y humectantes de estos tres aceites nutren el cabello y lo dejan brillante.

Esta mezcla es especialmente recomendable después de procesos químicos como tintes, permanentes, etc.

Champú de hierbas para todo tipo de cabello

Este champú está formulado con hierbas que limpian el cabello a profundidad.

Si tienes el cabello oscuro, es preferible que no utilices manzanilla en su elaboración.

Elementos:

1 manojo de manzanilla

1 manojo de yerbabuena

1 manojo de té limón

1 manojo de hojas de naranjo

1½ litros de agua

50 g de jabón neutro rallado

Pon a hervir en el agua todas las hierbas y deja que el líquido disminuya hasta formarse un litro. Cuela esta infusión y agrega el jabón rallado. Mueve con una cuchara de madera hasta que se derrita. Déjalo enfriar y envásalo en una botella de plástico.

Utilízalo todos los días. Las propiedades hidratantes de la manzanilla y las hojas de naranjo darán a tu cabello un brillo increíble. El té limón y la yerbabuena fortalecen el cuero cabelludo.

Lo más importante es que con este champú tu cabello quedará libre de esos residuos químicos que tanto lo dañan.

Si quieres puedes complementar este champú con un enjuague hecho a base de agua y vinagre para finalizar tu ritual cotidiano de belleza.

El sándalo y el patchouli son aceites esenciales cuyos elementos nutren el cabello.

Después del champú puedes ponerte tres gotas de cada uno de estos aceites directamente en las puntas del cabello.

Champú de nogal para oscurecer el cabello

Si tienes el cabello oscuro y ya te empezaron a salir canas, trata de retardar un poco la utilización de tintes agresivos. Mejor, opta por un tratamiento natural que te ayudará a disimular las canas.

Elementos:

50 gramos de órgano

50 gramos de nogal

Un jabón neutro

$\frac{3}{4}$ de litro de agua

Realización:

Pon a hervir el órgano y el nogal en un recipiente tapado durante 15 minutos.

Sácalo del fuego y déjalo enfriar un poco.

Agrega el jabón previamente rallado y guárdalo en un recipiente en el refrigerador.

Loción mágica para todo tipo de cabello

¿Quieres tener un cabello hermoso, sano, brillante? Te vamos a dar la receta que han utilizado las más famosas estrellas de cine.

Elementos:

Un puño de sangre de grado

Un manojo de hojas de guayabo

Un manojo de espinosilla.

Realización:

Pon a hervir dos litros de agua. Una vez que haya hervido, agrega la sangre de grado, la espinosilla y las hojas de guayabo. Déjalo reposar. Cuela la infusión y enjuágate el cabello con ella después del champú.

También, puedes usar esta loción como un tónico fortificante para el cuello cabelludo.

Date un masaje vigoroso en el cuello cabelludo durante cinco minutos. Déjalo reposar y después lávate el cabello como acostumbras.

Recuerda que la base de un cabello sano, es una vida sana. Se dice que el cabello refleja tu estado de salud.

Si notas que tu cabello está seco, opaco, sin brillo, es probable que sufras de una deficiencia del complejo B. Para compensar esta carencia, consume todos los días hojas verdes frescas como lechuga y espinaca.

El aceite de esencia de romero es un espléndido revitalizante del cuero cabelludo. Unas gotas de aceite esencial de romero y date un buen masaje en el cuero cabelludo con las yemas de los dedos con unas gotas de aceite esencial de romero.

Este ritual lo puedes llevar a cabo una vez a la semana.

Pasta vitaminada para pies resecos

Generalmente excluimos a los pies de nuestra rutina de belleza cotidiana. Si a eso le aumentamos el uso de tacones o de zapatos apretados, las largas horas que pasamos de pie caminando en ellos, nuestros pies terminan siendo una verdadera desgracia.

No te olvides de tus pies en tu rutina cotidiana de belleza. Mientras estés en la regadera pásate una piedra pómez por las partes endurecidas. Seca muy bien tus pies al salir de la regadera y humécatalos con aceite de mamey.

Además, puedes preparar esta pasta que te ayudará a suavizar esta parte tan descuidada.

Elementos:

10 pastillas de vitamina C

Realización:

Tritura las pastillas y añade suficiente agua como para formar una pasta. Unta esta pasta en los talones y en la planta de los pies.

Ahora, envuelve tus pies en una toalla y déjalos reposar durante una hora o más, si es posible.

Después, enjuágalos con agua tibia y aplica crema humectante o un poco de aceite de almendras con unas gotas de aceite esencial de caléndula.

No te asustes si después de este tratamiento sientas un ligero ardor en los pies. Es normal y sólo es una cuestión pasajera.

Baño para pies cansados

Este baño es el mejor remedio para unos pies cansados que han sostenido tu cuerpo después de una arduo día de trabajo.

Elementos:

Una palangana de agua hirviendo

Una rama de romero

Unas ramitas de menta

Una cucharada de bicarbonato de sodio

Realización:

Pon todos los ingredientes en la palangana y sumerge tus pies con el agua lo más caliente que la aguantes.

Después, date un masaje con aceite de almendras y unas gotas de esencia de romero.

Jabón de rosas para piel grasa y mixta

La belleza de tu cutis depende, en gran medida, de la limpieza. Ésta debe ser una parte esencial de tu rutina de belleza.

Si tienes la piel grasa o mixta, prepara este jabón que te ayudará a mantener tu cutis limpio.

Elementos:

100 gms. de jabón neutro rallado

2 tazas de pétalos de rosas

1 taza de agua de rosas

6 gotas de aceite de esencia de rosa

Realización:

Pon el agua de rosas a calentar. Cuando empiece a hervir, agrega los pétalos de rosa. Deja que el líquido disminuya hasta que se reduzca a $\frac{3}{4}$ de taza. Cuela y añade el jabón neutro rallado y calienta esta mezcla en baño María hasta que el jabón se derrita por completo.

Retira del fuego y agrega el aceite de esencia de rosas.

Vierte en moldes que te gusten previamente aceitados con aceite de almendras.

Recuerda que la esencia de rosas es un espléndido humectante y regenerador celular. Ahora ya tienes la receta para preparar un jabón que además de limpiar, mantendrá tu cutis fresco y humectado.

Puedes completar este ritual de belleza haciendo tu propia loción de rosas para tonificar tu piel después de lavarla.

Elementos:

Dos vasos de agua de rosas.

4 tazas de pétalos secos de rosas.

Dos cucharadas de alcohol.

½ cucharada de glicerina.

Realización:

En un frasco de cristal, vierte el agua de rosas, y agrega las cuatro tazas de pétalos de rosas, las dos cucharadas de alcohol y la glicerina. Cierra el frasco y déjalo reposar durante 10 días.

Una vez transcurrido este lapso, filtra la mezcla y guárdala en un recipiente de cristal.

Jabón de almendras y miel

Este jabón es para todo tipo de cutis. Además de limpiar tu piel, los elementos con los que está elaborado, humectarán a profundidad tu piel.

Elementos:

100 gramos de jabón neutro

40 gramos de miel de abejas

10 ml de aceite de almendras

6 gotas de aceite esencial de sándalo

También vas a necesitar un molde que te guste.

Realización:

Derrite el jabón en baño María.

Sin dejar de mover, agrega poco a poco la miel y las almendras previamente trituradas.

Se retira del fuego y aún caliente se le añade la esencia de sándalo. Esta esencia no sólo le va a dar un delicioso perfume a tu jabón. Además, va a hidratar tu piel, ya que el aceite de esencia de sándalo tiene maravillosas propiedades humectantes.

Deja enfriar la mezcla en algún molde que te guste previamente aceitado.

Cuando haya cuajado, sácalo del molde y úsalo todos los días para limpiar tu cutis en tu rutina diaria de belleza.

Ahora conoces el secreto de la verdadera preparación de los jabones de belleza. Este conocimiento te servirá para la preparación de otros jabones con fines específicos. Tú misma puedes crear tus propios jabones. Es cosa de que eches a volar tu imaginación.

Desde tiempos muy remotos, la miel se ha utilizado en cosmética por sus propiedades desinfectantes. Por otro lado, los aminoácidos que contiene la miel, son regeneradores celulares.

Ponte una mascarilla de miel de abeja todas las mañanas durante veinte minutos.

Mascarilla facial de barro

El barro tiene propiedades muy benéficas para nuestro organismo. Durante siglos, este elemento se ha utilizado con fines terapéuticos y cosméticos.

En términos de cosmética, el barro es magnífico para limpiar a profundidad el cutis. No puedes pretender tener un cutis hermoso si no le dedicas tiempo a la limpieza.

Elementos:

2 cucharaditas de barro en polvo. (Éste lo puedes conseguir en cualquier tienda naturista.)

El jugo de un pepino fresco

2 gotas de aceite de esencia de sándalo (para pieles secas) o

2 gotas de aceite de esencia de geranio (para pieles mixtas)

Realización:

Mezcla el barro y el jugo de pepino hasta que se forme una pasta homogénea. Cuando esté lista, agrega el aceite de esencia que vayas a utilizar según tu tipo de piel: geranio si es grasa y sándalo si es seca.

Aplica la mezcla a tu piel perfectamente limpia y déjala secar. Evita el área alrededor de los ojos.

Cuando la mascarilla haya secado por completo, enjuágate el rostro con agua tibia

Completa este tratamiento de belleza con un poco de la crema humectante de almendras.

Prueba hacer esta mascarilla con té de manzanilla concentrado en vez de jugo de pepino.

Debido a sus propiedades hidratantes, antiinflamatorias y bactericidas, la manzanilla se usa ampliamente en forma cutánea para aliviar numerosos desórdenes en la piel además, es un magnífico cicatrizante.

Crema humectante de almendras

La vida cotidiana y las condiciones ambientales no nos ayudan nada a tener una piel radiante. Esta crema te ayudará a combatir los efectos nocivos que nuestra forma de vida tiene sobre nuestra piel.

Elementos:

1 vaso de miel de abeja

1/3 de vaso de aceite de almendras dulces

4 cucharadas de esencia de almendras

2 cucharadas de esencia de bergamota

20 cucharadas de cera de abeja

Realización:

Derrite el aceite de almendras, la miel y la cera en baño María mientras mueves la mezcla para que se incorpore. Retíralo del fuego y agrega los aceites esenciales. Bate todo hasta que quede una mezcla homogénea. Utilízala todos los días para obtener una piel radiante.

Crema humectante de rosas

El aceite esencial rosas es antiinflamatorio y astringente, pero lo más importante es que es un regenerador celular. De aquí que sea tan apreciado en la industria cosmética.

Elementos:

½ vaso de aceite de almendras

½ vaso de agua de rosas

½ vaso de aceite de germen de trigo

25 cucharadas de cera de abeja

Realización:

En baño María se ponen a derretir los aceites de almendras y de germen de trigo y la cera de abeja. Se retira del fuego y se le agrega poco a poco el agua de rosas. Se bate hasta que se enfríe.

Si tienes aceite esencial de rosas, sería ideal que estuvieras dispuesta a sacrificar este tesoro en la crema. Añade unas gotitas a la mezcla. Si no, no te preocupes, los poderes rejuvenecedores de la rosa ya han impregnado tu crema de belleza.

Mascarilla para arrugas en los ojos

La piel de los párpados y del área que rodea los ojos es particularmente delicada. Debes tratarla con mucho cuidado y humectarla a profundidad regularmente.

Esta mascarilla es hidratante y refrescante.

Elementos:

10 gramos de cera de abejas

2 ml de aceite de zanahoria

20 ml de agua de hamamelis

100 ml de agua de rosas

50 ml de aceite de girasol

1 cápsula de vitamina E

Realización:

Derrite la cera en baño María y agrega la lanolina, el aceite de zanahoria, el agua de hamamelis. El aceite de girasol y la cápsula de vitamina e.

Mezcla todo hasta que se hayan incorporado los ingredientes. Cuando todo se haya incorporado perfectamente, retíralos del fuego y vierte el agua de rosas. Mézclalos bien. Envasa esta mascarilla en un frasco de vidrio y úsala todas las noches en los párpados.

Recuerda que esta zona es muy delicada, así que te recomendamos que te la apliques con pequeños golpecitos con la yema de los dedos.

Una piel sana y radiante es el resultado de una buen alimentación y de un estilo de vida saludable.

Recuerda que como es adentro es afuera. De tal suerte que si tu piel se ve marchita, seguramente algo está faltando en tu interior.

Prueba tomar este licuado todos los días. Está compuesto por elementos que le devolverán a tu piel la luminosidad que ha perdido por la falta de minerales y vitaminas.

Pon en la licuadora:

2 zanahorias

1 pepino

1 tallo de apio

1 jitomate chico

Un manojo de perejil

2 hojas de lechuga

Un manojo de alfalfa

Tómalo todos lo días en ayunas.

Aceite de zanahoria para párpados

Este aceite es especial para nutrir los párpados, esa zona tan delicada de nuestro rostro.

Antes que nada, recuerda que nunca debes lavarte esta parte con jabón ni con ningún otro agente limpiador. Con agua pura es más que suficiente.

Recuerda también, que no debes frotarte los párpados. Es necesario tratar esta zona con mucha suavidad para evitar que aparezcan esas horribles patas de gallo.

Elementos:

1 cucharada de jugo de zanahoria

1 cucharada de aceite de almendras dulces

1 cucharada de cera de abeja

Realización:

Calienta la cera en baño María. Cuando se haya derretido, agrega el aceite de almendras y el jugo de zanahoria.

Aplica este aceite con la yema de los dedos alrededor de los ojos y en áreas muy resecas del cutis.

Te recomendamos usarlo por la noche y dejarlo hasta el día siguiente

El aceite de zanahoria es un poco difícil de conseguir, pero tú puedes hacerlo en casa.

Toma una zanahoria, pélala y rállala finamente.

Cúbrela con aceite de almendras y déjala reposar durante veintiún días. Transcurrido ese lapso, cuela el aceite y guárdalo en frasco en el refrigerador.

Crema de menta para la papada

Con el paso del tiempo, los tejidos faciales se vuelven flácidos y los músculos del rostro y el cuello pierden tono. Uno de los resultados más antiestéticos de este proceso es la papada.

Es zona tan indiscreta y tan difícil de cuidar.

La siguiente receta está elaborada con aceite esencial de menta, que tiene grandes propiedades reafirmantes.

Elementos:

1 cucharada de sales de epsom

1 cucharadita de glicerina

5 gotas de aceite esencial de menta

Realización:

Mezcla la glicerina con las sales de epsom y el extracto de menta. Pon la crema en un algodón y colócalo bajo la barbilla.

Sujeta el algodón con una venda o un pañuelo.

Sería ideal que pudieras pasar toda la noche así, pero ten cuidado. Este ritual es "matapasiones", así es que de preferencia hazlo cuándo estés sola... O solo.

Tratamiento para el cuello

Los dos lugares en los que se nota más la edad son las manos y el cuello. Te vamos a dar unos consejos buenísimos para que no te delaten estas zonas indiscretas.

Para mantener hidratada la delicada piel de tu cuello aplica frecuentemente el contenido de cápsulas de vitamina E y date masajes regulares con el hueso fresco de un aguacate.

También, puedes hacer una crema con una cucharada de aguacate mezclado con un poco de lanolina. Aplica generosamente en el cuello a manera de mascarilla y se deja actuar por lo menos media hora. Después, se enjuaga con agua tibia.

Es muy importante que hidrates tu cuello todos los días. Puedes usar el mismo humectante que usas en el rostro. ¡Ah! Y no te olvides de limpiarlo perfectamente todas las noches con tu tónico limpiador preferido.

Tratamiento suavizante para manos

Las manos son tan delatoras como el cuello. No te olvides de darles "mantenimiento" por lo menos una vez a la semana.

Elementos:

60 g de cera de abejas

60 g de aceite de almendras o de germen de trigo

El jugo de un limón

Unas gotas de aceite de esencia de sándalo

Realización:

Pon la cera de abejas, el aceite de almendras o de germen de trigo y el jugo de limón en baño María. Mézclalos hasta que se hayan incorporado perfectamente.

Utiliza esta crema cada vez que te laves las manos. Si puedes, úsala en cantidad abundante en la noche y ponte unos guantes... A la mañana siguiente tendrás manos de quinceañera.

Ritual del velo de novia

Las mujeres de todas las culturas han cuidado desde siempre la belleza que la novia lucirá su noche de bodas. Aunque el matrimonio no sea tu fin, puedes utilizar este ritual para suavizar tu piel en ese día o noche que es tan especial para ti.

Elementos:

150 gramos de barro corporal

Medio vaso de jugo de naranja recién exprimido

Dos cucharadas de aceite de almendras

Dos cucharadas de miel de abeja

Diez gotas de aceite esencial de sándalo

Realización:

Mezcla todos los ingredientes hasta formar una pasta suave. Cubre todo tu cuerpo con este "Velo de Novia" y masajea especialmente las zonas donde la piel es más gruesa y rasposa, como las rodillas o los codos.

Permite que las propiedades hidratantes, suavizantes y rejuvenecedores de la mezcla penetren en tu piel al menos por diez minutos. Ahora, entra a la regadera y enjuágate, limpia tu cuerpo con un jabón neutro o cremoso.

Este ritual debe realizarse una vez al mes como máximo y cuando menos una vez al año.

Para acabar con la celulitis o por lo menos disminuirla, debes cuidar tu dieta, disminuir el consumo de grasas, tabaco, café y alcohol. Procura beber cuando menos un litro de agua cada día.

Todas las noches mantén las piernas en alto durante media hora. Necesitas un cepillo de cerdas naturales con el que, suave pero firmemente, recorrerás desde los dedos hasta los glúteos.

Tú tienes el poder de recuperar una piel lisa y firme, libre de celulitis; todo está en la perseverancia y devoción con la que realices tu ritual de belleza.

La manzana

Tal vez sea la manzana la reina de los rituales para atraer lo bueno: armonía, abundancia, estabilidad familiar y principalmente, la unión amorosa.

Recuerda que los buenos resultados de un ritual dependen de la intención con que pidas. Si tus deseos son para obtener amor y bienestar, procura elegir los que lleven una manzana.

Ritual de belleza con aguacate

Las mujeres de todo el mundo gastamos millones en la compra de productos de belleza que nos ofrecen la fuente de la eterna juventud.

Sin embargo, es generalmente en la casa y más precisamente en la cocina, donde tenemos todo lo necesario para mantenernos bellas. Este ritual se hace una vez a la semana y ayuda a devolver la lozanía y brillo al cutis apagado.

Ingredientes:

Un aguacate

Dos cucharadas de yoghurt natural

Una cucharadita de miel de abeja

Una cucharadita de jugo de limón

Ritual:

Saca la pulpa del aguacate, pero ojo, no tires la cáscara ni el hueso porque lo vamos a utilizar. Mezcla la pulpa con la miel, el yoghurt y el jugo de limón hasta formar una pasta suave.

Toma la cáscara del aguacate y frótala por la parte interna de tu rostro y cuello, así estás removiendo las células muertas.

Ahora aplica la mezcla y déjala trabajar de 15 a 20 minutos. Mientras, visualízate bella y radiante.

Antes de que la mascarilla se endurezca date masaje en la piel con el hueso. Esta acción ayudará a estimular la circulación, dando a las pieles ajadas un brillo de juventud.

Las frutas y sus poderes mágicos

Durazno: Para la atracción y la comprensión.

Fresas: Endulza y suaviza a las personas groseras o agresivas.

Mango: Ayuda al progreso y los buenos negocios.

Naranja: Para la unión de los seres amados.

Limón: Contra envidias y malos deseos. Muy útil en "limpias".

Uva: Para atraer amor y lograr felicidad.

Albaricoque o Chabacano: Aumenta la sexualidad.

Las flores y su uso mágico

Gardenia: Contra energías negativas.

Magnolia: Para el desarrollo espiritual.

Azahar: Atrae a los seres amados.

Rosa: Para amor, tranquilidad y espiritualidad.

Tulipán: Propicia la comprensión y el amor.

Violeta: Atrae y aumenta las energías positivas.

Jazmín: Llama al amor y a la buena suerte.

Ritual de belleza para elaborar un jabón mágico hidratante

Los jabones que se encuentran en el mercado generalmente contienen sosa, colorantes y aromas químicos que en nada benefician a tu piel, especialmente la más delicada y expuesta a la vista de todos: la de tu rostro. Por lo tanto, elabora tu propio método de suave y gentil limpieza.

Elementos:

Una vela blanca

Dos jabones suaves de glicerina

Seis cucharadas de aceite de almendras

Diez gotas de aceite de esencia de sándalo

Dos cucharadas de avena molida

Media cucharada de ralladura de naranja

Ritual:

En un lugar limpio y tranquilo, donde puedas encender la vela y visualizarte tan bella y joven como siempre has querido, ralla los jabones de glicerina y derrítelos a baño María.

Agrega el aceite de almendras y la avena molida, revuelve hasta incorporar. Retira la mezcla del fuego y adiciona la ralladura de naranja y las gotas de aceite de sándalo.

Cuando la mezcla haya enfriado, elabora con tus manos jabón por jabón, calculando cuatro porciones. Sé tan creativa como quieras, puedes hacer estrellas, corazones, en fin, lo que quieras. Agrega hierbas secas o pétalos de rosa, cualquier cosa que sirva para decorarlos.

Coloca los jabones cerca de la vela, que ha servido para cargar de energía universal a los jabones mágicos hidratantes y déjala consumir. Ahora están preparados para que los utilices en tu rutina de belleza.

Pirámides

Si pudiéramos equiparar a las pirámides con algún otro objeto, sería a un radar o una antena, que captan energía y con baterías o "pilas" que la almacenan.

Experimentos de la última década han demostrado que bajo una pirámide se concentra un poder aún no cuantificado y, por ejemplo, las navajas o cuchillos puestos adentro o abajo de alguna, permanecen afilados hasta siete veces más tiempo.

Con una de sus caras siempre orientada al norte, úsala para dar mayor efectividad a tus medicinas, cremas de noche y el agua que tomas. No importa su tamaño o material, si es hueca o sólida, todas funcionan.

También potencia tus anhelos. Coloca abajo o adentro de tu pirámide fotografías de personas que necesiten energía o protección. Cuarzos, esencias, tinturas, amuletos, joyas y hasta un papelito donde escribas tus deseos.

Ritual del champú de la luna nueva

Por medio de la belleza ritual podemos participar directamente en la elaboración de nuestros productos naturales, asegurando su calidad y gracias a los elementos mágicos potenciamos su efectividad.

Este ritual de luna nueva puede realizarse también todo el tiempo de la luna creciente, es decir, unas dos semanas más. Con él preparamos un champú que nos ayude a recuperar el brillo y la sedosidad de nuestro cabello, además de no permitir su caída excesiva.

Elementos:

Un puñado de flores secas de manzanilla

Un puñado de raíz de saporiana

Un litro de agua

Realización:

Pon a hervir el agua en una olla, cuando haga borbotones apaga el fuego y agrega la manzanilla y la saporiana. Coloca la olla con las hierbas cerca de una ventana donde pueda recibir los influjos de la luna.

Al día siguiente cuela la infusión y guárdala en un frasco con tapa. Usa la infusión como champú y no te preocupes si no hace espuma, la saporiana produce un líquido jabonoso que limpiará perfectamente tu cabello, dándole brillo y la manzanilla fortalecerá el cabello débil.

Las flores y su uso mágico

Gardenia: contra energías negativas.

Magnolia: para el desarrollo espiritual.

Azahar: atrae a los seres amados.

Rosa: para amor, tranquilidad y espiritualidad.

Tulipán: propicia la comprensión y el amor.

Violeta: atrae y aumenta las energías positivas.

Jazmín: llama al amor y a la buena suerte.

Ritual para preparar una crema limpiadora

No cabe duda que ser mujer sale caro. Debemos comprar cremas y lociones para hidratar, desmaquillar, proteger, en fin...

Pero además de dejar nuestro dinero en las tiendas de cosméticos, no tenemos la mínima idea de lo que estamos poniendo sobre nuestro cutis, así que con este ritual de belleza puedes preparar una crema limpiadora para retirar maquillaje y suciedad que tapa nuestros poros, dejándolos libres para respirar.

Elementos:

Un cuarzo rosa de una punta

85 ml. De aceite de almendras

40 gramos de manteca de cacao

Diez gotas de aceite de esencia de manzanilla

Realización:

Derrite la manteca de cacao en baño María, agrega el aceite de almendras y retira el recipiente del fuego y cuando la mezcla comience a enfriar, agrega la esencia de manzanilla.

Toma el cuarzo en tu mano izquierda y siente cómo un rayo de luz penetra en él. Esa luz es la energía que regenera tus células haciéndote lucir más bella.

Cambia tu cuarzo a la mano derecha y tápalo con la mano izquierda, pon las dos manos a la altura de tu ombligo y visualízate como siempre has deseado ser: radiante, sana, bella.

Deposita la crema y el cuarzo en un tarro con tapa: la energía del cristal pasará a la crema de limpieza que usaremos diariamente.

Aromas

Cuando realices magia utilizando los poderes universales, usa aquellos aromas de vibración mas alta:

***Amor:** rosa. Nardo, ylang ylang, azahar, sándalo, jazmín.*

***Prosperidad:** limón, canela, albahaca, vetiver, perejil, ruda.*

***Salud:** toronjil, melaleuca, manzanilla, melissa, menta, eucalipto.*

Ritual de belleza para un tónico revitalizante

Seguramente algunos días te has levantado con la piel seca y marchita, como si no tuviera vida. Ese es el momento de revisar tu dieta y asegurarte que estás bebiendo al menos un litro de agua diariamente.

Puedes ayudar a tu cutis preparando también un tónico revitalizante para usar todos los días después de quitarte el maquillaje. También puedes ponerlo en un pequeño atomizador y traerlo contigo, para usarlo dos o tres veces en el transcurso del día, hidratando tu piel.

Elementos:

Cien ml De agua de hamammelis

Cincuenta ml de agua de rosas

Dos gotas de aceite de esencia de rosas

Realización:

Mezcla los ingredientes en una botella y colócala en el exterior, donde reciba la luz (y los efectos) de la luna durante toda una noche.

Se ha comprobado que el hamammelis ayuda a afinar los poros mientras que el agua de rosas suaviza e hidrata la piel.

La esencia de rosas, uno de los aceites más utilizados en cosmética, ayuda a desinflamar el cutis. Por si fuera poco, es afrodisiaca y tranquilizante en situaciones de estrés.

Para obtener mejores resultados, guarda el tónico en el refrigerador.

Contra el mal aliento

Existen diversos remedios contra el mal aliento. Sin embargo, debes usarlos en caso de emergencia o como remedio temporal, pues la halitosis puede deberse a un problema dental o de salud, como mal funcionamiento del hígado y hasta divertículos (venas inflamadas) en el esófago.

Mastica un pedazo de pan, de manzana, una ramita de perejil, granos de café, semillas de hinojo o de anís.

También puedes utilizar como enjuague (no lo tragues) una gota diluida en un vaso de agua de los siguientes aceites esenciales: mirra, manzanilla, hinojo, menta o tomillo.

Parte 3

Rituales para la prosperidad

Tintura de la abundancia

Al igual que en los rituales de amor, las tinturas en los rituales de prosperidad son tan efectivas como los aceites. El alcohol que se utiliza para su fabricación, captura toda la energía sutil de las hierbas. Con el proceso de maceración, el alcohol queda impregnado de los extractos de las plantas en su más alta concentración.

Con esta tintura tu vida se va a llenar de abundancia. ¡Prueba y verás!

Elementos:

Dos manojos de lavanda fresca

Dos manojos de romero fresco

Alcohol etílico, la cantidad necesaria para cubrir las hierbas

Una pirita o un cuarzo citrino

Un frasco de vidrio

Realización:

Mete en el frasco de vidrio el romero y la lavanda y cúbrelos con el alcohol etílico necesario para que queden bien cubiertos.

Coloca dentro del frasco el cuarzo o pirita concentrándote en tu intención.

Deja reposar esta mezcla durante veintiún días.

Una vez transcurridos los veintiún días, cuela el alcohol y guárdalo en una botella que te guste.

Si el tamaño lo permite, guarda la piedra en la botella. Si no, trae siempre esta piedra contigo cerca de donde guardas el dinero.

Con esta tintura unge todo el dinero que recibas y bendícelo al tiempo que pides que circule y regrese a ti aumentado y multiplicado y que lleve abundancia a todo aquel que lo reciba.

El día propicio para realizar trabajos de prosperidad es el jueves, día consagrado a Júpiter, el dios de la abundancia.

Baño de la prosperidad

Sabemos que los baños constituyen un ritual muy poderoso. Es muy importante que cuando los lleves a cabo, te concentres en tu intención. Los baños, además de ayudarte a materializarla, se llevan toda la energía negativa acumulada en el cuerpo.

Este baño da mejores resultados si creas toda una atmósfera sensorial que eleve tus cinco sentidos. Cuando lleves a cabo este ritual, rodéate de aromas placenteros, de luz suave y cálida, y permite que una música suave relaje tu mente.

Elementos:

Un pedazo de tela verde, de preferencia de algún material natural como seda o algodón.

Unas varas de canela.

Un manojo de albahaca fresca.

Una vela verde.

Realización:

Primero necesitas confeccionar un saquito.

Una vez que lo tengas listo, rellénalo con la mezcla de la canela y la albahaca.

Ahora sí, está todo listo para que puedas disfrutar de este baño de prosperidad.

Llena la tina con agua caliente. Enciende tu vela verde, de preferencia con un cerillo de madera.

Cuando esté lista la tina, mete el saquito con hierbas y déjalo reposar hasta que el agua haya adquirido el aroma de la canela y la albahaca.

Date un baño de inmersión durante veinte minutos. En este tiempo, visualiza tu vida llena de prosperidad y abundancia.

¡Disfrútalo!

Para que en tu casa siempre fluya la prosperidad y la abundancia, siembra en pequeñas macetas brotes de menta, trébol, manzanilla, eneldo y albahaca.

Todas estas plantas tienen una energía muy poderosa para efectuar cambios significativos en nuestras vidas en cuanto a dinero y éxito se refiere.

Jabón del dinero

La limpieza cotidiana en sí misma es un ritual de purificación. Cada vez que nos lavamos las manos estamos llevando a cabo este ritual. De ahora en adelante, cada vez que te bañes o te laves, cada vez que lleves a cabo tu rutina de limpieza, concéntrate en el agua. Visualiza que la fuerza de este elemento se lleva consigo todas las energías negativas lejos de tu vida.

Este ritual se hace mucho más poderoso si te purificas con un jabón mágico.

En este caso, este jabón se hace para atraer dinero.

Elementos:

1 parte de aceite de esencia de pino

1 parte de aceite de esencia de canela

1 parte de aceite de esencia de albahaca

100 gramos de jabón neutro

También vas a necesitar un molde que te guste previamente engrasado con un poco de aceite de almendras.

Realización:

Primero, mezcla los aceites esenciales y cárgalos con toda la fuerza de tu mente.

Se derrite el jabón en baño María. Mientras derritas el jabón, visualízate rodeada de prosperidad y abundancia.

Cuando ya se haya derretido el jabón, retíralo del fuego y, aún caliente, agrega los aceites esenciales de pino, de albahaca y de canela.

Deja enfriar la mezcla en algún molde que te guste previamente aceitado.

Todos los días debes lavarte las manos con este jabón para atraer prosperidad a tu vida.

Ahora conoces el secreto de la verdadera preparación de los jabones de belleza. Este conocimiento te servirá para la preparación de otros jabones con fines específicos.

El cuarto creciente es la fase de la luna más propicia para realizar los rituales de prosperidad.

Jabón de la suerte

La elaboración de este jabón es igual al anterior, sin embargo, la intención es otra. Este lo puedes usar antes de entrevistas de trabajo, cuando vayas a pedir un aumento de sueldo, o antes de atender a tus clientes.

Elementos:

1 parte de aceite de esencia de vetiver

1 parte de aceite de esencia de naranja

1 pizca de nuez moscada

100 gramos de jabón neutro

También vas a necesitar un molde que te guste, previamente engrasado con un poco de aceite de almendras.

Realización:

Se derrite el jabón en baño María.

Cuando ya se haya derretido, se retira del fuego y aún caliente se agrega el aceite de esencia de vetiver, el aceite de esencia de naranja y el puñito de canela.

También podrías agregarle una cáscara de naranja como adorno.

Deja enfriar la mezcla en algún molde que te guste previamente aceitado.

Todos los días debes lavarte las manos con este jabón para atraer prosperidad a tu vida.

Podrías envolver tanto el jabón de la suerte como el del dinero en papel de china verde y regalárselos a la gente que sepas que apreciará un obsequio cargado de tus buenas intenciones.

Prueba haciendo tus propias mezclas utilizando las esencias relacionadas con la prosperidad: melissa, jengibre. Patchouli, albahaca, canela, naranja, vetiver, etc.

Polvos mágicos de la abundancia

Desde hace mucho tiempo, los polvos forman parte de la magia popular.

Hay muchas formas de utilizarlos, pero la más sencilla es esparciéndolos en el momento y en el sitio en el que necesites sus energías sutiles para ayudarte a conseguir algo en particular.

Estos polvos te ayudarán a atraer abundancia a tu vida.

Elementos:

2 partes de hojas de cedro

Una parte de jengibre fresco

Realización:

Machaca el jengibre y el romero en un mortero o en un molcajete.

Recuerda que la parte más importante de estos rituales es la fuerza de la intención que tú pongas en ellos.

Mientras estés machacando las hierbas, visualiza tu vida llena de prosperidad y abundancia.

Una vez que las hayas triturado finamente, déjalas secar completamente hasta que se conviertan en polvo.

Espolvoréalos alrededor de ti formando un círculo en el sentido de las agujas del reloj. Siéntate dentro del círculo que formaste y concéntrate para absorber la energía de los polvos.

Estos polvos puedes esparcirlos en tu casa, tu negocio o extenderlos sobre el dinero que vayas a gastar.

También, puedes ungir una vela verde, de la base a la mecha, y prenderla hasta que se extinga por completo.

Para proteger tu casa de las energías negativas que nos rodean, coloca un florero con flores blancas naturales cerca de la entrada.

Aceite del dinero

Este aceite mágico es una combinación de aceites esenciales especialmente seleccionados por su poderosa energía sutil.

Es muy importante que al mezclarlos te concentres profundamente en tus deseos.

Acuérdate que basta con pedir las cosas con fuerza para que nos sean dadas.

Elementos:

7 gotas de aceite de esencia de patchouli

5 gotas de aceite de esencia de cedro

4 gotas de aceite de esencia de vetiver

2 gotas de aceite de esencia de jengibre

Realización:

Mezcla todos los ingredientes y guárdalos en un pequeño frasco de color ámbar.

Con este aceite puedes llevar a cabo varios rituales que llenarán tu vida de abundancia y prosperidad.

Antes que nada, unge con este aceite todo el dinero que llegue a tus manos al tiempo que lo bendices.

También puedes ungir con él tu piedra de la prosperidad. Recuerda que ésta debe ser una piedra verde como la venturina o la malaquita. Al ungir la piedra, visualiza tu vida próspera y abundante y trae la piedra siempre contigo.

Cuando salgas a la calle, ponte unas gotas de este aceite del dinero en el pulso y detrás de las orejas. Verás como la energía sutil de los aromas que lo conforman te harán sentir que tu vida es próspera y abundante.

Los jueves enciende una vela verde o amarilla al tiempo que repites el decreto: "yo soy prosperidad, yo soy abundancia".

Aceite de la prosperidad

Este aceite es una variación del anterior. Al mezclar los elementos, concéntrate en tu intención de atraer abundancia y prosperidad a tu vida.

Elementos:

4 gotas de aceite de esencia de albahaca

2 gotas de aceite de jengibre

1 gota de aceite de esencia de cedro

Realización:

Mezcla todos los aceites de esencias y guárdalos en un pequeño frasco color ámbar. Esto es importante porque los aceites esenciales pierden su fuerza al estar en contacto con la luz del sol.

Con esta mezcla unge una vela verde y enciéndela poniendo tu intención de conseguir dinero. Con lo que te sobre, unge un billete de un dólar y tráelo siempre contigo.

Aceite de la abundancia

Elementos:

Una parte de aceite de esencia de sándalo

Una parte de aceite de esencia de mirra

4 cucharadas de aceite de almendras

1 ramita de laurel

También vas a necesitar tres velas verdes para llevar a cabo el ritual de la abundancia.

Realización:

Para hacer el aceite necesitas mezclar los aceites de esencias de sándalo y mirra con el aceite de almendras.

Esta mezcla la vas a guardar en un frasco y en él vas a introducir la ramita de laurel.

Al hacerlo, carga todos los elementos con tu energía.

Ya tienes listo el aceite de la abundancia.

Para llevar a cabo un ritual con este aceite, unge las tres velas verdes con el aceite de la abundancia. Ahora enciende las velas al tiempo que visualizas tu vida próspera y abundante.

Deja que las velas se consuman por completo y entierra la parafina sobrante en una maceta o en algún parque cercano.

Aceite de la abundancia II

Este es otro tipo de aceite, ya que la mezcla de aceites esenciales va diluida en un poco de aceite portador. Lo puedes utilizar como tu perfume y no corres peligro de irritar tu piel.

Elementos:

3 gotas de aceite de esencia de melissa

1 gota de aceite de esencia de patchouli

1 gota de aceite de esencia de jengibre

1 pizca de canela triturada

1/8 de taza de aceite de almendras

1 cuarzo verde

1 frasco de cristal

Realización:

Mezcla los aceites de esencias y el aceite de almendras y llena con esta un frasco de cristal. Añade la canela triturada.

Ahora, mete dentro del frasco el cuarzo verde.

Con este aceite puedes ungir tus manos al tiempo que te visualizas viviendo en abundancia. También puedes ungir con él tu dinero, tus tarjetas de crédito y tus amuletos de prosperidad.

Si tienes un negocio, unge la caja registradora y el marco de la puerta de entrada para que el dinero fluya.

Cuando te termines el aceite, saca el cuarzo y tráelo siempre contigo.

Para atraer la riqueza, se utilizan los colores amarillo, verde, dorado y plateado.

Los colores de la prosperidad se usan en velas, amuletos, vestimenta y hasta en decoración según el feng shui.

Sahumerio de la prosperidad

El sahumerio es un antiguo ritual que consiste en hacer arder hierbas y ciertos elementos y utilizar el humo que estos generan para transformar nuestra propia energía y para purificar la energía de un lugar específico. El humo ascendente simboliza un canal con el ser supremo.

Al llevar a cabo este tipo de rituales, concéntrate en la espiral del humo. Visualízala como un túnel que te conecta con la divinidad.

Las cualidades de los elementos que se utilizan en este ritual, atraerán a tu vida prosperidad y abundancia.

Elementos:

Un anafre

Varias varitas de canela

Un puño de azúcar

Realización:

Coloca en el anafre las varitas de canela y el puño de azúcar. Con un cerillo de madera enciende esta mezcla hasta que empiece a salir humo.

Ahora, consagra el humo a los cuatro puntos cardinales, norte, sur, este y oeste y a los cuatro elementos.

Camina con el anafre por toda tu casa empezando por la entrada y de ahí a la derecha. Siempre de arriba hacia abajo, de derecha a izquierda.

Recuerda que el humo limpia y purifica nuestros hogares, al tiempo que las propiedades sutiles de la canela y del azúcar atraen prosperidad a nuestras vidas.

Pasa por todos los rincones de tu casa, no te olvides de los closets y alacenas.

Mientras paseas el anafre por tu casa repite la siguiente frase con toda tu fe: "yo soy prosperidad y abundancia".

Al finalizar, prende una varita de incienso de canela y una vela blanca o verde en todas las habitaciones.

Una forma inmediata de elevar el nivel energético de tu casa es echar un puñito de sal en todas las esquinas de cada una de las habitaciones. La sal es un elemento de purificación y limpieza. Para este pequeño ritual es necesario que uses sal de mar o sal de roca sin yodatar.

Saquito para la riqueza

Los amuletos, a diferencia de los talismanes que tienen poderes en sí mismos, son objetos a los que nosotros les damos el poder para que nos ayuden a concretar nuestra intención.

Este amuleto se va a convertir en la herramienta que necesitas para atraer todo tipo de riquezas a tu vida.

Elementos:

Un puñito de cardamomo

Una varita de canela

Una varita de vainilla

Un puñito de clavo

Un pedazo de tela verde, de preferencia de un material natural como seda o algodón.

Realización:

Primero, tienes que hacer un saquito cosiéndolo por tres lados de tal forma que dejes un lado abierto.

Ahora tritura en un mortero el puñito de cardamomo, la varita de canela, la varita de vainilla y el puñito de clavos.

No lo debes hacer polvo, porque de esa forma se escaparía por el entramado de la tela. Tritura los ingredientes hasta dejar pedazos lo suficientemente grandes como para que esto no suceda.

En cuanto tengas lista la mezcla, rellena el saquito, ciérralo y tráelo siempre contigo.

Sácalo de vez en cuando al sol para que se cargue de su energía y déjalo que se impregne de la energía de la luna llena cada 28 días.

Prueba llenar tus espacios con la benéfica energía de las plantas vivas.

Por ejemplo, la albahaca es una hierba de olor que atrae prosperidad. Otros ejemplos de plantas de buena suerte son: la millonaria, el eucalipto dólar, el helecho y la aralia. Además, son preciosas como decoración.

Pócima del dinero

Las pócimas, también llamadas pociones o infusiones, se derivan de los antiguos preparados mágicos, rituales o medicinales y son tan eficaces hoy en día como lo fueron hace miles de años.

Esta pócima está formulada con elementos que elevan nuestra energía sutil y nos convierten en un canal listo para recibir toda la riqueza del universo.

Elementos:

2 partes de cedro
1 parte de pimienta de jamaica
1 parte de clavo
1 parte de eneldo
1 parte de vetiver
Una botella color verde
Agua destilada

Realización:

Toma una botella de cristal de color verde y llénala de agua hasta la mitad. Echa un puñado de la mezcla de hierbas, ya cargadas con tu visualización. Cierra la botella herméticamente y déjala todo el día en plena luz del sol. Al anochecer, huele el agua.

Si el aroma es fuerte, puedes colarla y echarla a la bañera, lavarte las manos con ella, impregnar con ella los amuletos del dinero o ungir velas verdes para tus rituales de prosperidad. Si el olor no fuera lo suficientemente fuerte, tendrás que enfriarla durante la noche y volverla a poner al sol al día siguiente.

Los clavos de olor tienen la cualidad de protegernos y traernos abundancia.

Pon un puño de clavos de olor en el piso de la regadera y aplástalos con los pies mientras te bañes. Déjate invadir de la fuerza picante del aroma de los clavos. Deja que te inunde su energía y piensa que de la misma forma, la abundancia inundará tu vida.

Ritual para conseguir trabajo

Este ritual es muy efectivo si al llevarlo a cabo pones toda tu intención y tu fe.

Elementos:

3 velas verdes

1 papel de cualquier tipo color café

Una pirita

Realización:

Coloca las tres velas en forma de pirámide.

En el papel escribe la clase de trabajo que quieres conseguir y el sueldo que necesitas percibir. Coloca el papel en el centro de la pirámide que formaste con las velas y pon encima de él la pirita.

Enciende las velas con un cerillo de madera concentrándote fervientemente en tus deseos.

Deja que las velas se consuman por completo. Cuando esto haya sucedido, entierra los restos junto con el papel en una maceta o en un parque.

Después del ritual tienes que hacer una visualización todas las noches durante treinta días. Esta visualización consiste en concentrarte en tu necesidad de conseguir trabajo. Al hacerlo, piensa que todos merecemos la abundancia que nos ofrece el universo.

Aunque consigas trabajo antes de los treinta días, es importante que sigas haciendo la visualización todas las noches hasta que se haya cumplido ese lapso.

Cuando hayas concretado tu intención, debes dar gracias a la divinidad.

Las piedras relacionadas con la prosperidad son la malaquita, la venturina, la pirita y el cuarzo citrino. Puedes guardar cualquiera de ellas en tu cartera para que nunca te falte el dinero.

Ritual para que fluya el dinero

Este ritual es muy efectivo para que nunca falte el dinero. Es muy fácil de hacer y lo tienes que llevar a cabo una vez al mes o cada vez que recibas dinero.

Elementos:

Un citrino amarillo

Una vela amarilla

Una caja pequeña con tapa de madera, cartón o piedra.

Realización:

Coloca dentro de la caja todo el dinero que recibas para tus gastos cotidianos. Encima de los billetes coloca el citrino.

Pon la vela del lado derecho de la caja y enciéndela con un cerillo de madera. Concéntrate y bendice el dinero con la siguiente oración:

"Que con este bien se haga muchísimo bien.

Que circule y regrese a mí aumentado y multiplicado".

Deja que la vela se consuma por completo y entierra los restos en alguna maceta.

Es muy importante que la caja siempre tenga por lo menos un billete.

La oración la puedes decir mentalmente cada vez que tengas que dar dinero.

Para que nunca falte nada en tu hogar, asegúrate de que siempre haya sal y arroz en tu cocina. No permites que se acaben ninguno de estos dos elementos.

Ritual de la prosperidad con un dólar

No en vano el dólar es la moneda más fuerte del mundo. Su diseño está pensado para que así sea.

En primer lugar, la tinta que se utiliza en su impresión está hecha con malaquita, la piedra de la prosperidad.

Por otro lado, tiene impresos símbolos que elevan su energía. Por ejemplo, la pirámide y el tercer ojo. Sabemos que las pirámides energetizan todo lo que tocan.

Para llevar a cabo este ritual solamente necesitas un billete de un dólar.

Realización:

Toma el dólar horizontalmente, con la pirámide frente a ti y visualiza tu vida llena de todo lo que deseas. Ahora, vas a doblar el billete a lo largo, haciendo el doblez hacia ti, al tiempo que dices: "que se me multiplique en cien".

Ahora dóblalo, de izquierda a derecha, al tiempo que dices: "y que se me centuplique en mil para el bien mío y de todo aquel que lo reciba".

Este dólar tráelo así doblado en tu cartera, bolsa o bolsillo.

Recuerda que esta bendición puedes hacerla con todos y cada uno de los billetes que lleguen a tus manos.

Si tienes una pirámide, no importa del tamaño que sea, coloca tu dinero dentro de ella para energetizarlo y que nunca falte riqueza y abundancia en tu vida.

Limpia de casa con cocos

Generalmente cuando algo malo sucede, otras desgracias empiezan a aparecer.

La energía negativa atrae mas energía negativa, contaminando nuestros pensamientos y convirtiéndonos en imanes para la tragedia.

Cuando las cosas no van bien para nadie en la familia, una buena limpia será el principio para que al hogar empiecen a llegar las cosas buenas.

Elementos:

Un coco de agua.

Una veladora blanca o de coco

Un incienso

Unas tijeras

Realización:

El primer paso será rodar el coco por toda la casa. Si vives en una de dos pisos comienza por arriba. La limpia se realiza de adentro hacia afuera.

Pasa por baños, recámaras, cocina y hasta por los closets Mientras lo haces, ve pidiendo con fe que se vaya todo lo malo. Hazlo en tus propias palabras.

Ahora prende tu incienso, cuando salga el humo, córtalo con las tijeras, diciendo: "estoy cortando (aquí dices todo con lo que quieras acabar -pobreza, enfermedad, celos, etc.)". Termina afirmando: "con la voluntad de dios".

Esta limpia es muy eficaz y ha sido comprobada una y otra vez.

Realízala en tu hogar cuantas veces sea necesario. Recuerda que lo esencial es la intención y fuerza que pongas en tus plegarias.

Limpieza efectiva

Cuando se limpia un espacio con sahumerios, rocíos o líquido en atomizadores, recuerda comenzar por el último de los cuartos o el fondo de cada uno.

Mientras limpias, concéntrate en pensamientos positivos y ve diciendo o visualizando que en ese lugar solamente hay paz, armonía, buenas vibraciones, amor, abundancia, salud, riqueza, trabajo y todo aquello que salga de su corazón.

Termina en la puerta principal, ordenando: "y si hay algo malo, que se salga" mientras abres y "barres" con tus manos la energía negativa hacia afuera.

Ritual de San Antonio para ganar causas perdidas y encontrar cosas extraviadas

San Antonio, se sabe, es un aliado del amor, de las causas justas y de las cosas perdidas.

A él se le pide con fervor que nos ayude a ganar el asunto que nos preocupa. Este ritual se puede realizar en cualquier ocasión, pero su eficacia será doble si se efectúa el 13 de junio, día en que se le celebra.

Elementos:

Trece velas blancas

Esencia de rosas

Canela en polvo

Realización:

El primer paso será encontrar un lugar seguro donde puedas colocar las velas hasta que se consuman.

Unge con la esencia de rosas cada una de las velas -siempre de la base al pabilo-, después espolvoréalas con la canela. Mientras lo haces, conságralas a San Antonio, visualizando el resultado que esperas. Prende las velas y di:

"San Antonio, las cosas y las causas justas son ganadas o halladas por tu mediación. San Antonio, ayúdame a ganar (tal caso)".

Cuando las velas se consuman, entierra los restos. Nunca los tires a la basura.

Se dice que los cuarzos de una punta sirven como localizadores de objetos perdidos. Sostén en tu mano izquierda la piedra apuntando hacia afuera, piensa en el objeto que buscas mientras recorres el lugar. Con este método encontrarlo será fácil.

Distintos tipos de velas

Existen múltiples formas en las velas y veladoras. Hay, por ejemplo, las tradicionales, con parafina blanca o de color.

También existen con añadidos en la base, principalmente semillas.

Las hay que flotan en el agua; en forma de flores, octágonos (la forma perfecta, según el feng-sui); otras parecen velas gordas, llamadas velones o más largas, denominadas cirios. Estos últimos se utilizan principalmente como apoyo a otras veladoras o llamas encendidas en un altar, son los primeros en encenderse y los últimos en apagarse.

Últimamente se ha comprobado que la forma cónica, usada siempre o la de pirámide, son las más efectivas. Al adquirir cualquiera, cuida que estén elaboradas con la parafina y cera más puras además de que en su fabricación se integren hierbas y flores legítimas y esencias naturales, pues la mayoría solamente tienen olor derivado de productos químicos. Ojo: vale la pena pagar un poco más.

Velas, colores, su poder mágico.

El uso ritual de las velas incluye la llama y el color que expanden a su alrededor para lograr diferentes objetivos, por ejemplo:

Blanco: pureza, espiritualidad, protección, poder, esperanza, conservación de los ahorros.

Rojo: amor, pasión, dominio, valor, fuerza, matrimonio, obtención de un nuevo trabajo.

Rosa: armonía, ternura, romance, amistad, reconciliación, evitar conflictos, éxito.

Azul claro: ayuda, bondad, protección espiritual, percepción, abundancia, tranquilidad, fidelidad.

Azul oscuro: conectarse a la divinidad, poder, inteligencia.

Verde: abundancia, éxito material, trabajo, salud, crecimiento, movimiento, equilibrio entre cuerpo y mente.

Amarillo: energía, fidelidad, inteligencia, entendimiento, beneficios laborales, alegría.

Anaranjado: estudios, claridad mental, fertilidad, energía sexual, creatividad,, iniciativas.

Violeta: sabiduría, clarividencia, claridad mental, poder, éxito espiritual, unión de pareja.

Oro: riqueza, fortuna, esperanza, dinero, sueños cumplidos, buenos negocios.

Plata: honor, logros, éxitos, claridad, inicios, cambios

Negro: no se recomienda, a menos que se tengan grandes conocimientos en manejo de energías sutiles.

Ritual con velas verdes para la riqueza

Este ritual es muy efectivo porque integramos los elementos mágicos con todo el poder mental para obtener riqueza, bienestar y prosperidad.

Elementos:

Quince velas verdes

Una piedra verde (venturina, malaquita, cuarzo verde, jade o esmeralda)

Realización:

Tardarás quince días en completarlo. La primera noche prende una vela verde (siempre con un cerillo de madera). Sostén la piedra en tu mano izquierda y haz tres pases sobre la flama, de izquierda a derecha, en círculos.

Con la piedra en la mano y cuando menos por cinco minutos, cierra los ojos y visualízate como una persona feliz, rodeada de tus seres queridos en completa armonía. Ve como estás en un ambiente relajado, cómodo, la abundancia se refleja en los muebles, la ropa, los adornos, la cara de tu familia y la sonrisa en tu propio rostro.

Ni por un momento permitas que pasen por tu cabeza preocupaciones o pensamientos de tristeza y escasez material. Ahí, en ese lugar, solamente hay bienestar.

Después de pasado el tiempo indicado, puedes retirarte del lugar y dejar la piedra junto a la veladora hasta que ésta se consuma.

Repite la operación durante quince días seguidos. Puedes ir agregando nuevos elementos a tu visualización. Notarás que, al dejar a la naturaleza pródiga el trabajo de derramar bondades sobre ti, las preocupaciones por el dinero bajan de intensidad y la magia, la verdadera magia que emana de ti, se produce.

Al término del ritual la piedra verde quedará cargada de energía positiva que atraerá la prosperidad, llévala siempre contigo y verás cómo la riqueza llega a tu vida.

Cómo programar tus cuarzos:

Los cuarzos tienen "piezo-electricidad". Emiten unas vibraciones tan rápidas que hasta hace pocos años que pudieron medirse. Este tipo de electricidad le permite recibir información, guardarla y emitirla, por eso es importante que programes no solamente los cuarzos sueltos que cargas en una bolsita, sino tus joyas que contengan esas piedras.

Una vez purificado el cuarzo como se ha indicado, ponlo cuando menos dos horas al rayo del sol para cargarlo de energía. Colócalo en tu mano izquierda, cúbrelo con la derecha y ordénale en voz alta lo que deseas (fuerza de voluntad, protección contra violencia, suerte en los negocios, que te ame la persona adecuada, etc.).

Ya está listo. Puedes borrar la información y volverlo a programar con peticiones diferentes cuantas veces desees. Ten cuidado de no darle órdenes contradictorias.

Fórmula mágica de aceites para el dinero

Otra efectiva mezcla de aceites esenciales para atraer la riqueza está compuesta de:

Elementos:

Cuatro gotas de albahaca
Dos gotas de jengibre
Una gota de clavo
Dos gotas de canela

Realización:

Mezcla los aceites esenciales en proporción de cinco gotas de la mezcla anterior por cuatro cucharadas de aceite portador (almendra, jojoba, pepita de uva, etc.), Frota tres gotas en tus manos antes de sacar o contar el dinero de tu última paga o el que te acaban de dar por cualquier motivo. Verás cómo te rinde.

Ritual de Buda para la abundancia

A Buda, el Señor de la Abundancia cuyas enseñanzas son seguidas por millones de personas en todo el, mundo, está dedicado este ritual que nos ayudará a conseguir trabajo, ascensos, concretar negocios prósperos, llenar de buenos clientes nuestro negocio y aumentar nuestro capital.

Elementos:

Una figura de Buda
Semillas de: Mostaza, Clavo y Pimienta
Varitas de trigo
Un cuarzo verde
Un pedazo de tela verde o blanca
Tres velas verdes

Realización:

Puedes hacer este ritual cualquier día del año, principalmente durante la luna llena y aún más en la luna llena de junio, que es la "Luna de Buda".

En un plato blanco coloca las semillas y el trigo. Sobre éstas y en el centro, deposita el Buda. Fija las velas alrededor, formando un triángulo.

Enciende las velas mientras sostienes en tu mano izquierda el cuarzo verde. Pide a Buda y a su infinita sabiduría que, en adelante, guíe tus pasos para lograr un buen desempeño profesional, reafirmar un negocio, atraer clientela, recibir pagos oportunos, conseguir mejor remuneración en tu empleo o uno nuevo, en fin, lo que necesites en materia económica y sabiduría.

Deposita la piedra verde junto al Buda y deja que las velas se consuman. Al terminar, extiende el pedacito de tela y coloca ahí las semillas, el trigo y el cuarzo, amárrala con un listón o cósela porque será el amuleto que llevarás contigo para atraer riqueza y prosperidad.

Para que siempre vaya bien el trabajo

Aquí te damos otra mezcla de aceites de esencias para que lo uses cuando las cosas sean difíciles en tu sitio de labor o tengas alguna cita importante de negocios:

Siete gotas de patchouli

Cinco gotas de cedro

Cuatro gotas de vetiver

Dos gotas de cardamomo

Úsalo como se dijo en la receta anterior: untado en las sienes y en las manos.

Baño de limpia personal

Algunas veces, parece que todos los aspectos de nuestra vida entran en colisión: pérdida de empleo o problemas con compañeros, con la familia, la salud y hasta con la pareja.

Ante el sombrío panorama se podría pensar en un maleficio, pensamientos negativos hacia nosotros o hasta en un trabajo de "magia negra".

No te preocupes, ocúpate en elaborar este baño que permitirá limpiar cualquier energía malévola causada por envidias o el odio de algún enemigo.

Elementos:

Un ramito de romero

Un ramito de enebro

Un puñado de laurel

Un puñado de pétalos blancos de cualquier flor

Realización:

Hierve en dos litros de agua todos los ingredientes, déjalos reposar hasta que se le quite lo caliente. Báñate como de costumbre, pero utilizando un jabón neutro.

Estando en el ritual de limpieza cierra los ojos y piensa, visualiza los momentos malos. Ahora, ayudándote con una jarrita o cualquier recipiente, comienza a derramar la infusión mágica sobre tu cuerpo, comenzando por la cabeza.

Mantén los ojos cerrados en completa concentración y "mira" desde tu interior como el agua preparada limpia tu cuerpo, tu alma, tu mente y barre cualquier cosa negativa que te haya afectado. "Ve" cómo el líquido realiza una limpieza profunda, llevándose todo lo malo al desagüe.

Procura hacer este ritual de noche, para que puedas dormir en paz y completa armonía, despertando al día siguiente con una nueva, positiva actitud, libre de cualquier maleficio.

Desalojo de un lugar

Al agua con que trapeas agrega un poco de éter, una cucharadita de amoniaco y cinco gotas de aceite de esencia de canela o de clavo.

Esto te permitirá eliminar cualquier vibración negativa de tu hogar o de tu negocio. Repítelo siete días seguidos y luego, una vez por mes, cuando menos.

Limpia de casa con huevos

Cuando la energía negativa se acumula y las cosas en el hogar no marchan todo lo bien que deseamos, es el momento indicado para realizar una limpia.

Este ritual es muy sencillo, pero la verdadera magia solamente ocurrirá si pones toda tu intención, tu fuerza mental concentrada, al servicio de tu familia, cambiando lo malo por bueno, transmutando negativo por positivo.

Elementos:

Siete huevos

Un ramo de flores blancas

Realización:

Un domingo por la noche, coloca los siete huevos donde sientas que están ubicados los puntos de tensión, por ejemplo bajo las camas, en la cocina donde se preparan los vitales alimentos, bajo los sillones de la sala y, por supuesto, pon uno justo en la puerta de entrada.

Cuando vayas colocando los huevos pide específicamente que recojan la energía negativa del lugar y de las personas que lo habitan, para que siempre exista armonía, paz y prosperidad.

A la mañana siguiente, recoge los huevos y rompe cada uno de ellos en el desagüe. En cada uno repite que con estos se vayan envidias, rencores, peleas, pobreza y demás.

Coloca las flores en un jarrón en el lugar donde regularmente se reúne la familia o en el centro de la casa.

Este ritual puedes llevarlo a cabo una vez cada mes hasta que regresen la prosperidad y el amor para todos.

Limpia de mantenimiento

Para mantener limpio de vibraciones negativas un lugar, puedes escoger entre varios rituales, como el que sigue:

A un puñado de cascarilla agrégale dos cucharadas de azúcar y media cucharadita de mirra en polvo riégalo por todo el lugar y bárrelo de adentro hacia la puerta. Recoge esta "basura" en un papel y tírala lejos de tu casa.

Ritual con elefante para la prosperidad

El elefante es sin duda uno de los símbolos favoritos para atraer la buena suerte. Se dice que en toda casa debe haber una figura de elefante con la trompa levantada, pues si está hacia abajo, atraerá energías negativas.

Elementos:

Una figura de elefante
Un billete del menor valor posible

Realización:

Este ritual debe llevarse a cabo el día 29 de cada mes. Por la mañana, dobla el billete a lo largo cuidando que las orillas queden hacia ti, diciendo "que se me multiplique en cien". Vuelve a doblar el billete, pero ahora de derecha a izquierda, es decir, que las puntas queden hacia tu lado derecho, rogando: "que se me centuplique en mil".

Cuelga el billete de la trompa del elefante y déjalo ahí hasta el próximo día 29 del siguiente mes, quítalo y gástalo, reemplazándolo por otro mientras repites la misma operación.

Si realizas este ritual cada mes, notarás como en tu hogar nunca falta el dinero. Recuerda que la trompa del elefante debe apuntar hacia la puerta de entrada de tu hogar.

Feng-shui para prosperidad

En la línea del agua coloca objetos relacionados con ese elemento, por ejemplo, delfines, cuadros con escenas marinas o lagos y de serte posible, una fuente con agua que circule. No permitas que el líquido se ensucie.*

Sobre la misma línea nunca pongas elementos de fuego, como soles, veladoras, estufas, pues el agua apaga la lumbre y habrá desarmonía que afectará a todos los habitantes de la casa o los clientes y empleados de oficinas o negocios.

* La línea del agua está situada a lo largo en forma horizontal de la entrada principal de tu casa o cualquier espacio.

Perfume personal

Este perfume es exclusivamente tuyo, sirve para potenciar todo aquello que debes destacar, como: personalidad, encanto, vitalidad, armonía.

Destaca los mejores atributos que te adornan y te harán brillar en el medio social, laboral y familiar. Su magnetismo atrapará las mejores vibraciones positivas hacia tu persona irradiándolas a tu entorno.

Elementos:

Agua bendita

Una pizca de raíz de valeriana

Una pizca de almizcle

El perfume que usas normalmente o que más te guste

Una pizca de azúcar

Una raja de canela

Diez gotas de aceite esencial de tu signo zodiacal

Tres velas: una roja, una verde y una amarilla

Una botellita

Realización:

Llena la botella como sigue: la mitad, con agua bendita; una cuarta parte, con tu perfume. Ahora agrega el azúcar, almizcle, la raíz de valeriana y la canela. Por último, pon el aceite esencial que te corresponde.

Ahora vamos a potenciar tu perfume: en un plato liso, de preferencia blanco, coloca las tres velas en triángulo. Sus colores y su llama atraerán hacia el perfume vibraciones energéticas de amor y dominio, prosperidad y abundancia, éxito y salud.

Deja que las velas se consuman mientras se "carga" de magia este perfume personal que será solamente tuyo (no lo prestes). Úsalo diariamente para atrapar la buena suerte.

Eleva la potencia de tus cremas y perfumes

A tus perfumes o cremas puedes ponerles una piedra de cuarzo para elevar su potencia y transmitirle los poderes de las piedras, por ejemplo:

Cuarzo blanco, para protección, cuarzo rosa, para amor, ternura y armonía; cuarzo verde, para salud; malaquita, para atraer dinero; citrino, para revitalizar y aumentar la energía vital: jaspe rojo y granate, para la pasión.

La mayoría de las plantas y flores se consiguen en los mercados con las yerberas.

Para mayor información comunícate con nosotras al 514 62 37 y al 260 01 26.

E-mail: malta@radian.tecdimex.com.mx

Rituales para el amor, la belleza y la prosperidad
Tipografía: *Paideia*
Negativos: *Reprofoto S.A.*
Esta edición se imprimió en noviembre de 1998, en
Impresión Arte, Oriente 182 #387,
México, D.F. 15530.

DOBLAR Y PEGAR

SU OPINIÓN CUENTA

Nombre ....

Dirección:

Calle y núm. exterior .... interior ....

Colonia .... Delegación ....

C.P. .... Ciudad/Municipio ....

Estado .... País ....

Ocupación .... Edad ....

Lugar de compra ....

Temas de interés:

- ❒ *Empresa*
- ❒ *Superación profesional*
- ❒ *Motivación*
- ❒ *Superación personal*
- ❒ *New Age*
- ❒ *Esoterismo*
- ❒ *Salud*
- ❒ *Belleza*
- ❒ *Psicología*
- ❒ *Psicología infantil*
- ❒ *Pareja*
- ❒ *Cocina*
- ❒ *Literatura infantil*
- ❒ *Literatura juvenil*
- ❒ *Cuento*
- ❒ *Novela*
- ❒ *Cuento de autor extranjero*
- ❒ *Novela de autor extranjero*
- ❒ *Juegos*
- ❒ *Acertijos*
- ❒ *Manualidades*
- ❒ *Humorismo*
- ❒ *Frases célebres*
- ❒ *Otros*

¿Cómo se enteró de la existencia del libro?

- ❒ *Punto de venta*
- ❒ *Recomendación*
- ❒ *Periódico*
- ❒ *Revista*
- ❒ *Radio*
- ❒ *Televisión*

Otros: ....

Sugerencias: ____

____

____

Rituales para el amor, la belleza y la prosperidad

CORRESPONDENCIA CON PORTE POR COBRAR

SOLAMENTE SERVICIO NACIONAL

CORRESPONDENCIA
REGISTRO POSTAL
DF-047-97
AUTORIZADO POR *SEPOMEX*

EL PORTE SERÁ PAGADO POR:

Selector S.A. de C.V.

Administración de correos No.: 7
Código Postal: 06702, México D.F.